珠缀集

王建民　主编

中国海洋大学出版社
·青岛·

主　审　王瑞芳

主　编　王建民

副主编　宋守山　韩玉花　李　粟

编　委　王建民　宋守山　韩玉花

　　　　李　粟　吕艳萍　朱瑞娟

　　　　赵　芝　庄琳琳

序

　　高校校报是高校党委和行政的机关报,是展示高校对外形象和塑造学校品牌的重要窗口。副刊是校报不可缺少的重要组成部分,它通过文学、美术、摄影等文艺形式反映校园生活,决定着报纸的特色和品牌,也是校报能否吸引读者的重头戏。许多历经百年辉煌的报纸副刊,正逐渐式微,但高校校报因有相对固定的作者和读者,其副刊在繁荣校园文化尤其是在提升大学文学艺术品味方面仍然具有重要作用。

　　校报副刊是师生心灵的港湾。每个人心中都有一个文学梦,有自己追求的精神家园,高校师生作为高知群体尤其如此。平日里,老师们忙于教学、科研,同学们忙于学习、实践。当夜深人静,忙碌的一天结束,沉下心来,所思、所想、所念、所悟涌上心头,亲情、友情、爱情萦绕在怀,拿起笔,记成文字,发表在校报的副刊上,和大家一起品鉴、交流,这是一种精神的享受、情感的释放,也是压力的宣泄。

　　校报副刊是校园文化传播的平台。大学文化是大学独特的精神气质,是大学长期传承、历年积淀的结果。"团结自强、艰苦奋斗、敢为人先、开拓创新"的科大精神和"吃苦耐劳、坚韧不拔、朴实无华、甘于奉献、同心协力、勇承重载"的"橡胶品格",正是青岛科技大学的精神气质。这是师生共创的,是学校历史的积淀,是学校生生不息、薪火相传的血脉,也是每一位科大人的精神财富。投稿校报副刊的作者都是一代代的科大人,他们的作品传递、传承着学校的文化,从中我们可以触摸到师生的性情,感受到学校的品格,领悟到精神的力量。

　　青岛科技大学报社的同志们在办报过程中,重视副刊建设,突出精品策划,强调文化品位,推出品牌栏目,形成办刊特色。办好副刊,离不开作者的支持。多年来,《青岛科技大学报》形成了团结、尊重、善待师生作者的好传统,凝聚、培养了一支优秀的作者队伍,刊登了大量优秀作品,较好地完成了办报育人的任务。

展现在读者面前的这本小书就是《青岛科技大学报》近年来优秀的副刊作品。书名"珠缀集",体现了编者文海拾珠、缀珠成链的美好想法。他们没有沿用以时间为序的编辑体例,而是把所有作品按内容分成"似水流年""书香相伴""人生感悟""梦想青春""风景独好"五卷,分类选出合适的作品。此次编辑"选萃"的工作,得到了很多作者的大力支持,让人感动。

《珠缀集》的出版,是《青岛科技大学报》文艺副刊自2007年来的一次总结。选取的每一篇作品,或抒发个人之情怀、荣校之情愫、爱国之情义,或追寻哲理、走进自然、感悟人生,都是科大人的思想与科大文化的张扬,在不同的语言风格与表达路径中,传承着科大人共同的文化基因。品味这些文字,我们能感受到作者的思想情感和精神境界。

《珠缀集》的出版,又是一个新的开始。希望《青岛科技大学报》在今后的发展中,进一步总结办报规律,多出精品,办出特色,继续整理校园文化建设成果,将优秀的新闻作品、通讯作品等也结集出版,提升校园文化建设的水平,营造积极向上的校园文化氛围。

在此,诚挚邀请广大师生和海内外校友为《青岛科技大学报》创作更多更优秀的作品。青岛科技大学,也许是你现在的家,又或者是你人生中曾经的一站,这里留下了你的青春、梦想、奋斗,还有同学们年少时说不完的故事。

这里的梦想依然延续,这里的故事将展开新的篇章。

目 录
CONTENTS

似水流年

魂牵梦绕在老家 …………………………………… 李宏文（3）
远去的平房与弯街 ………………………………… 许勤超（6）
我的"青科大"情愫 ………………………………… 许 志（10）
先斟满自己的杯子 ………………………………… 赵晓芳（13）
在教育部借调的日子 ……………………………… 李鲲鹏（17）
大邱之旅：难说再见——暑期赴韩国参加国际大学生节见闻
　　　　　　　　　　　　　　　　　　………… 尹艺伟（20）
欢送班主任 ………………………………………… 石蓬波（23）
老枣树的故事 ……………………………………… 王杨杨（25）
桑 葚 ………………………………………………… 韩 佳（28）
妈妈的那些"证" …………………………………… 王彩玉（30）
一碗疙瘩汤 ………………………………………… 郑玉斌（32）
潮爸潮妈 …………………………………………… 唐可云（34）
成长的盒子 ………………………………………… 刘懿娴（36）
因为是母亲的缘故 ………………………………… 雷亚君（38）
室雅何须大 花香不在多 ………………………… 袁丽敏（41）
年 戏 ………………………………………………… 孙丽婉（45）
记忆中的那片绿 …………………………………… 纪信燕（48）

书香相伴

母亲的书 母亲的歌——莫言小说《丰乳肥臀》品评 …… 阎 瑜（53）

警惕世袭资本主义的回归 ——评皮凯蒂的《二十一世纪资本论》
.... 李小华（57）
由数理学院读书班想到的 .... 唐亚明（62）
平静的巨流河 .... 李钟超（65）
诗意的生存道路 .... 许勤超（68）
《傅雷家书》：不仅是家书 .... 王　敏（72）
没有伞的孩子，必须努力奔跑 ——读《真实世界》有感
.... 刘　婷（75）
如此现实的一种人生——读余华《兄弟》........ 任瑞雪（77）
快跑，乌拉拉 .... 齐　蕾（79）
让好书"有枝可栖" .... 徐　洁（81）
杜拉拉的迷失 .... 彭延荣（83）
我为书狂 .... 秦　健（85）
女性的力量 ——读《飘》.............................. 闫　瑾（87）
只做第一个我，不做第二个谁 ——读《真实世界》有感
.... 赵　芝（91）
图书馆的一天——未来图书馆畅想 .... 邱茹林（93）
我看鲁迅之冷酷与温柔 .... 崔现香（96）

人生感悟

师者新说 .... 姬相轩（101）
每个人都有"残缺" .... 董新宇（103）
熄灯一小时没那么简单 .... 张建美（105）
同学，别被手机"绑架" .... 杨大畏（107）
考研，走过才精彩 .... 章　平（109）
致青春　致未来 .... 齐　蕾（111）
同学，你浮躁了吗？...................................... 王先津（114）

莫狭隘了青春、否定了自己⋯⋯⋯⋯⋯⋯⋯⋯⋯⋯⋯韩　滕（117）
重拾汉字之美⋯⋯⋯⋯⋯⋯⋯⋯⋯⋯⋯⋯⋯⋯⋯唐可云（119）
等　待⋯⋯⋯⋯⋯⋯⋯⋯⋯⋯⋯⋯⋯⋯⋯⋯⋯⋯杨丽萍（122）
时间的灰⋯⋯⋯⋯⋯⋯⋯⋯⋯⋯⋯⋯⋯⋯⋯⋯⋯李相博（124）
《潜伏》之外⋯⋯⋯⋯⋯⋯⋯⋯⋯⋯⋯⋯⋯⋯⋯华　东（126）
傅老大的幸福法则⋯⋯⋯⋯⋯⋯⋯⋯⋯⋯⋯⋯⋯石蓬波（128）
1900与远方⋯⋯⋯⋯⋯⋯⋯⋯⋯⋯⋯⋯⋯⋯⋯⋯许　红（130）
"慢下来"的哲学⋯⋯⋯⋯⋯⋯⋯⋯⋯⋯⋯⋯⋯⋯张有义（132）
《知青》：不仅是知青⋯⋯⋯⋯⋯⋯⋯⋯⋯⋯⋯⋯张玉玲（134）
不再相识，却终生相伴——观电影《归来》有感⋯⋯马　洁（136）
《蜗居》的启示⋯⋯⋯⋯⋯⋯⋯⋯⋯⋯⋯⋯⋯⋯⋯杨召奎（138）
钱小样的幸福——《我的青春谁做主》观后感⋯⋯⋯范会刚（140）
青春究竟谁做主？⋯⋯⋯⋯⋯⋯⋯⋯⋯⋯⋯⋯⋯⋯白营营（142）
中国和英国大学生活的不同之处
　　⋯⋯⋯⋯⋯⋯⋯⋯⋯⋯2009汉语中级班 Iain Chalmers（144）
纯美的山楂树⋯⋯⋯⋯⋯⋯⋯⋯⋯⋯⋯⋯⋯⋯⋯⋯陈　艳（146）

梦想青春

我在校报做学生记者的日子⋯⋯⋯⋯⋯⋯⋯⋯⋯⋯邢　路（151）
参加人口普查的一段经历⋯⋯⋯⋯⋯⋯⋯⋯⋯⋯⋯孙靖先（153）
知足的快乐⋯⋯⋯⋯⋯⋯⋯⋯⋯⋯⋯⋯⋯⋯⋯⋯张　雪（155）
志愿者的快乐生活⋯⋯⋯⋯⋯⋯⋯⋯⋯⋯⋯⋯⋯⋯王泽岫（157）
为你，千千万万遍⋯⋯⋯⋯⋯⋯⋯⋯⋯⋯⋯⋯⋯⋯吴晴晴（159）
恋上这一片天地⋯⋯⋯⋯⋯⋯⋯⋯⋯⋯⋯⋯⋯⋯⋯刘　瑞（162）
无花蔷薇，永不败⋯⋯⋯⋯⋯⋯⋯⋯⋯⋯⋯⋯⋯⋯吴　潇（164）
在奥帆基地的日子⋯⋯⋯⋯⋯⋯⋯⋯⋯⋯⋯⋯⋯⋯张登攀（167）
大学，究竟读什么？⋯⋯⋯⋯⋯⋯⋯⋯⋯⋯⋯⋯⋯王先津（169）

用灵魂演奏的生命音符……………………………………韩晓黎（171）
"可能主义者"力克……………………………………………卢彦云（173）
重走青春………………………………………………………王晓佳（175）
让梦想起航——听莫言先生讲座有感………………………鲁娜琳（177）
致大学里的那份美好…………………………………………逄柏鹏（179）
筑梦2014 ……………………………………………………宋　健（181）
我和我的纪录片………………………………………………杨富强（184）
一个媒体人的责任……………………………………………仲崇红（186）
为未来奋斗一次………………………………………………丁　菁（189）

风景独好

西藏印象………………………………………………………谢姊宸（195）
秋风沉醉的晚上………………………………………………余德昌（198）
稻　田…………………………………………………………卓纪恒（200）
一个人的流浪…………………………………………………杨召奎（203）
岛城之秋………………………………………………………刘兆鹏（206）
秋意怀想………………………………………………………王伟佳（208）
我为什么要旅行………………………………………………葛　宇（210）
清明·夜雨·泡桐……………………………………………宋义远（212）
槐花香…………………………………………………………谭秀芬（214）
曲阜印象………………………………………………………徐　帅（216）
寻访江北画家第一村…………………………………………石晨旭（218）
一树一树的花开………………………………………………赵晓芳（220）

似水流年

魂牵梦绕在老家

李宏文

　　魂牵梦绕在老家，一生痴念忆当年。国人重视寻根，"老家"一词带有别样的深意。"老家"指祖籍之处，非长久生活之地。老家于我，永远是心头挥之不去的记忆，那山那水那人定格于脑海，时常浮现。非生于斯地，老家却深深根植于我心。老家的印象来自长辈的回忆，也源自童年的那段生活。

　　老家在太行山区河南林县，林县人坚毅的品格时常让我引以为豪。在极度贫困饥饿的年代，林县人凭着坚毅的品格，用双手创造了人间天河——红旗渠。儿时在林县生活的片断时刻萦绕脑海，挥之不去。一直以来，我期盼找个机会回林县老家，去那山那水寻找儿时的足迹。

　　前年正月初四，天时、地利、人和，父亲带领我及家人浩浩荡荡大队人马前往林县。为了找回从前的记忆，我们选择走山路回林县，正好可以路过红旗渠，重温往昔岁月。车行驶在太行山脉蜿蜒曲折的盘山公路上，远处山顶的积雪若隐若现，峭壁上挂着厚厚的冰瀑，和山体的灰黑形成鲜明的色彩对比。此时，我的心伴随着儿时的记忆早已飞回了林县。

　　途经"愚公隧道"，隧道狭窄，没有灯光，路面颠簸不堪，当年在没有机械设备的情况下，建成这样一个隧道可谓是难上加难。小时候听奶奶讲，为建成隧道，不知有多少人付出了鲜血、汗水、甚至生命。现在的红旗渠，渠水照旧流淌，渠壁仍然坚实整齐，干渠和分渠的设计充分体现了林县人的智慧。林县人不怕吃苦、勇于奉献的精神再次震撼着我的心灵，这就是"红旗渠精神"。我为我是一个林县人而骄傲。

远远的，还未到村口，老家的亲戚们早已等候在大路口迎接我们。回到阔别已久的老家，见到久而未见的老家人，思绪澎湃万千。

按照老家的风俗，我们要先到祖坟祭奠先辈。祭奠仪式隆重而庄严，我们都在心里默默地祈祷，告慰列祖列宗在天之灵。仪式结束后，我们一行人来到国林叔家。老家人早已在院子里支起了大铁锅，架起鼓风机为我们烹制大烩菜，五花肉、蒜薹、木耳、大头菜等，材料丰富、香气扑鼻。随着大铁铲在锅里不停地翻动，菜香味不一会儿便钻到鼻子里，勾引着人的味觉神经，令人垂涎三尺。女人们围坐在茶几旁，一人一个大馒头，一人一大碗烩菜，吃得不亦乐乎；而男人们俨然是一家之长，围坐在大桌旁，大口吃肉，大口饮酒，好不逍遥自在。

伴着美味佳肴，我的思绪再次回到小时候。3岁那年，奶奶带着我回林县住了一段时间。那时的生活很艰苦，每天吃的都是单调的红薯面饼子，夏天偶尔吃次西瓜，也要跑很远的山路才能买回来，大人们舍不得吃，都留给孩子们。在那年的中秋节，奶奶不知从哪儿弄来了两个月饼和两个很大的石榴，还有别的稀有美味，放在院子正中的小桌上，告诉我说要先供奉月亮，然后才可以吃。明亮的月光撒进小院，桌上的贡品就像聚光灯下的宝贝一样撩拨着我的心弦。我不时透过门缝向外盯着这些美味，生怕月亮把这些贡品全都吃掉，心中像有只小兔怦怦直跳。也不知过了多久，奶奶终于把贡品拿回屋，令我感到欣喜的是它们一点也没有变少，接下来便是狼吞虎咽、大快朵颐。现在的中秋节，各种月饼美食比比皆是，但是我却品不出当年那种美好滋味，也许是我的心还停留在那遥远的中秋之夜吧。

老家的国林叔待我最好，他大我9岁，总是带着我玩。国林叔的手巧在村里是出了名的，他用黏土给我做各种各样好玩的玩具——泥手枪、泥小鸟、泥口哨，还试图把做好的泥玩具放到炉火中烧制。我后来上大学之所以选择陶艺专业,可能是来自于国林叔的启蒙教育吧。他做玩具时那专注的神情至今还印在我的脑海中,深深地影响着我。

老家的日子短暂、快乐、无拘无束,村中到处都有我和小伙伴们玩耍的印记。虽然当时生活条件艰苦,这种体验却是人生经历中最宝贵的。

老家的记忆永远烙印在我的心中,老家人的精神也时常激励我前进。梦还在那山水间飘摇,心安静地甜甜地微笑,魂牵梦绕的老家啊。

(原载《青岛科技大学报》第690期)

远去的平房与弯街

许勤超

也许是命运的安排，我虽来到了繁华的城市工作，可始终是一个游走在城市和乡村夹缝中的人。

初到城中工作，是在烟台的一个大学教书。居住在校园一角的一个平房里，我感到非常的惬意。因为不用整天爬楼梯，也没有机会闻楼道里充斥的油烟味。住在高高的楼房里标志着在这个大学校园里你是一个有地位和身份的人，而那些新来者只能住在校园最偏僻角落的平房里。常常听到一些年轻教师抱怨：房屋陈旧，过廊狭窄，连个自行车都放不下，更可恶的是房子后面就是田地和村庄，晚上总有蚊子造访。可我并不这么认为，因为我觉得贴近大地和自然，心里更加踏实；远离繁华与尊贵，生活在本真的状态，这应该是一种更加自然的状态。每每吃罢晚饭，我总爱独自到村中散步，走在街道上，看着镌刻着历史记忆的一排排的平房，感到特别宁静。不时会看到一些小卖部，里面有香烟、冰糖和香油的气息，淳朴的村民还会跟我打招呼。因为口音不同，还因为我是从大学校园里走出来的人，他们都把我当成满腹经纶的年轻学者。在村民看来，能在大学混饭吃，至少也得是研究生水平，他们对大学教师有一种莫名的尊敬。我也常和村民们聊天，谈大学的那些事，也听他们谈村中的陈年旧事，诸如抗日战争时村民如何在炕头上挖洞掩护抗日子弟兵等有趣的故事。他们以自己村有光荣的战争历史而骄傲。这是一个有百十户人家的村庄,和我所在的大学只有一墙之隔。虽然它也属于城市的一部分,可我感觉,在生活方式上,它和偏远的乡村并没有多大的区别。每当暮霭降临时,总能看到袅袅炊烟从村民家的房顶升起,使村庄显得更加宁静祥和。

在大学教书没有想象的那么轻松,我每周要上20多节课。因为在大学里也分先来后到。新来的教师年轻有活力,系领导自然就给你分配很多课,而且那些课都是被认为不太重要的课。不但课时多,课头也很多,唯一感到慰藉的是课上多了收入也会多一些,虽然不会像想象的那么多,可对于初来乍到口袋空空的年轻教师来说,还是有一定的诱惑力。一天下来,我总感到精疲力竭。看到校园内的宏伟建筑我就有一种莫名的厌恶感,而校外的平房和弯弯的街道却成了我想去的地方。那里没有读书声,没有夹着课本急匆匆走向教室的教师,更没有拿着油条和豆浆奔向教室的学生,那里永远有悠闲自得的老人和不时哭叫的婴儿,永远有潺潺的流水伴随着几只山羊的叫声,于是那里就成了我向往的地方。走在街道上,抚摸着长满青苔的石墙,仿佛回到了童年无忧无虑的时光。那时,我也感觉不到累了。我从一条街道走进另一条街道,最后走到了村的尽头,面前出现一条几百米长的峡谷。峡谷只有20米深,既不陡峭也不险峻,常常看到谷底有小孩在玩耍。山上的泉水汇聚到谷底,使那里成了一个澄明的世界。夏天,村中的一些小孩会一丝不挂地在水边嬉戏。峡谷对面就是桃树林,再往上走就是到处是石块的山坡。山坡上长满了青青的松树。松树虽然没那么高大,生命力却很强。据村民们说,这满山遍野的松树,已经在那里生长了很多年,它们给山冈增加了神秘和活力。它们的枝丫成了村民们烧水做饭的燃料,松子也成了村民犒劳远方来客的土特产。我就受到过村民的犒劳。起初我还不太习惯松油的味道,可渐渐地我就咀嚼出了它的芬芳。一粒粒的松子捧在手上,我舍不得一下子吃完,我要慢慢地品味。我品出了村民的淳朴,品出了泥土的气息,品出了大山的慷慨和自由生长的快活。每当陶醉在松油的味道中时,我总会不由自主地仰望山顶。那里一定没有垃圾和苍蝇,没有灯光和汽油;那里一定是清新芬芳的世界;那里一定是萤火虫欢乐的海洋。

后来，我离开那个地方来到了青岛。青岛更加繁华，可这一切离我甚远，我居住的地方还是临着弯弯的街道和一排排的平房。不过，这次我住进了楼房，楼房虽然只有6层，可也说明身份发生了变化，因为这标志着我身在现代化的文明丛林中了。可我总感到有点窒息，总感到生命的空间在一天天萎缩。于是我和初到城市一样，总爱到旁边的村庄散步。这是一个有几百户人家的村庄，同样坐落在城市的边缘和大山下，据说已有500年的历史了。走在街道上，抚摸着青石砌成的房墙，我的思想就会摆脱现代的烦扰而回到遥远的过去，回到天真纯朴和自然的怀抱。正当我闻着泥土的气息走在街道上时，村民们说这里马上要拆迁了，穿村而过的山谷要填平，清清的河水要改为地下暗流，一座座20多层的高楼将在这里拔地而起，一个现代化的小区将取代昔日陈旧的平房和弯弯的街道。我有点失望，可现代化的车轮谁能够阻挡？在失望之余，我又想到了初到烟台时漫步在城市边缘乡村的弯弯街道。那里变化了吗？我要赶在它变化之前去重温一下昔日的安谧。我急忙给昔日的同事打电话，说西方复活节的时候我要到那里看一看。朋友笑了，他说那个村庄和山坡的松林早已成了现代文明的小区，楼房都接近了山顶，一些富人住在靠近山顶的别墅里。我问，山顶上还有萤火虫吗？它们是我们和自然亲近的信使，是我们真诚的朋友。朋友说我太痴迷昔日的信使，它们早已从山顶消失得无影无踪，永远也不会再回来了。我无言以对，挂掉电话，茫然四顾，陷入沉思。是啊，城市在一天天变大，绿色在一天天减少，平房消失了，弯弯的街道也不存在了，历史也就离我们远去了。没有了历史的记忆，人们会变得越来越大胆，人们的欲望将会把现代文明建立在摧毁传统和原始之上，自然、历史都将会逐渐地消失。这样的现代化和城市化对我们究竟意味着什么，也许问一问低矮的平房和弯弯的街道，我们会得到答案。

　　可是，承载着历史和纯朴的平房、弯弯的街道正在从我们的眼前消失，我们无力阻止，除了叹息和留恋，还有什么办法？是我们不适应新的文明，还是新的文明充满劣迹？现代化本身也许没有错，可我们却以牺牲自然和抛弃历史为代价，这就不能不令人担忧。英国小说家和诗人希莱尔·贝洛克(Hilaire Belloc)在他的一篇游记中曾这样写道:"我想知道,他们为什么要拆除那些既给我欢乐也不碍他人生活的弯街?一些国家稍微比别国富一些,就天天在首都和大城市里拆来拆去,他们不知道为什么要这样做,我也不知道。肯定地说,能够修建商业所需的、作为现代都市生命线的宽阔通衢,而不损坏两边的历史和人文的所有陈迹,就应该足够了。因为,值得一提的是,弯街以一种活生生的方式,塞满了人生的经历,反映出人们的祸福穷通:这是一块分界的标志,那是一条溪流的古道;这是一个是百年前某个动物穿过田野时留下的踪迹,那是古老的防线;还有一个家族的始祖降生的地方……"作者最后写道:"地球上没有任何力量能使人类永远地建造笔直的街道。按常理,对未来的迷人景象作出美好的预言或让人们感到安慰都是不好的。"(There is no power on earth that can make man build Straight Streets for long. It is a bad thing, as a general rule, to prophesy good or to make men feel comfortable with the vision of a pleasant future.)在希莱尔·贝洛克看来,古老的弯街并不令人厌倦,每一条弯街都有个性,都有自己的灵魂。因为,曲线往往是自然的象征,而直线是人工的象征。在自然和人工之间,我们该怎样取舍;在历史和现代之间,我们该怎样平衡,这都是需要我们认真思考的问题。

(原载《青岛科技大学报》第674期)

我的"青科大"情愫

许 志

"情愫"一词，我很慎用，也极少用，因为它强调感情，强调本心的真情实意，强调真实朴素的情感。

2005年7月，迈进科大门，成为科大人。历经10年浸淫，我深深的被打上了"青科大"烙印。不经意间，"团结自强、艰苦奋斗、敢为人先、开拓创新"的科大精神嵌入心中，愈是咂摸和体味，愈能领悟其中内蕴的历史积淀、时代召唤和向未来、向科学进军的豪迈。科大精神支撑科大人挺直脊梁，践行"橡胶品格"；砥砺前行，创造了广为赞誉的"科大现象"。曾记得，在迎接教育部本科教学水平评估期间，"橡胶品格"的内涵被定义为"吃苦耐劳、坚韧不拔、朴实无华、甘于奉献、同心协力、勇承重载"。那时的我就对专家们佩服得五体投地，感叹科大人的精神气质和人格写照竟然能这样被恰如其分地表述出来。形而上者，科大精神内化在人心成为坚定的理念；形而下者，"橡胶品格"就是青科大人的"注册商标"。成为科大人，再也不会心有旁骛。我经常告诉自己好好干，既然把身家性命全交给"青科大"，就要像爱家庭一样爱它。

"青科大"对我不薄。在"青科大"这个平台上，我获得大大小小的奖励累计40多项，人生中非常重要的买房、结婚、生子三件大事都是在"青科大"完成的。房子是通过学校购买的，价格适中，楼间距和层高不错，邻居大多同事，谈笑虽无鸿儒，但往来真的无白丁。尤其是同志们可以自助烧烤群娱，孩子们可以在一起撒欢玩耍，令诸多人羡慕。感谢"青科大"给了我高校教师的身份，帮泥腿子出身的我娶上了青岛当地的媳妇，因为老婆在对我不满时常说当年之所以选择我就因为我是大学老师。回想当年为工作舍小家顾大家，对老婆、孩子还是亏欠不少。难以忘记，为迎接教育部本科教学水平评估，在学校加班加点整理材料，全然不顾身怀六甲的老婆发高烧。评估结束后，在《为评估的优秀成绩而战斗》一文中，我向她们母女表达了深深的歉意，这篇文章也获得"我所经历的评估"征文一等奖。饮水思源，有家、有房、有车、有工作都应感恩"青科大"。

感恩就要回馈，就要通过努力奋斗为"青科大"增添正能量。

首先，既然"青科大"烙印在我身心日益深刻，我也要为"青科大"发展留下些许的印迹。教工运动会时，化工学院方队高亢嘹亮的"化工化工，勇攀高峰"是我提议的口号，从2006年至今已历时9年。以青岛科技大学为作者单位发表论文10余篇，论文多次获省市级奖励。在校报和校园网发表稿件百余篇。

其次，要影响和带动更多的人去推动"青科大"前进。无论走到哪里，我都积极宣传"青科大"，为她唱赞歌。从亲朋好友，波及七大姑八大姨，辐射周边更远，他们对"青科大"的认识日益客观，对"青科大"的关注度越来越高，纷纷主张子弟报考"青科大"。目前，受我影响而选择"青科大"就读的学生有30多人。2013年，一名担任高三班主任的大学同学就推荐和动员了6名学生报考"青科大"，6名学生全部被录取。可喜的是，有几个本科毕业生在校表现非常出色，考研成绩也很棒，已经到更高层次的学校去展示"青科大"的风采了。受我影响而来的几名在读硕士研究生也很优秀，小荷已露尖尖角。

最后，爱"青科大"，就要包容她，爱屋及乌，维护"青科大"的形象和尊严。"青科大"很美丽，也很美好，但不完美。所以，我理解和允许她有这样那样的不足和缺陷。对此我抱怨过，但是这并不能否认我对她的爱，恰恰证明了我对她的爱是真挚的。华中科技大学校长李培根在2010届毕业生典礼致辞中希望大家尤其要有关于校园丑陋的记忆。他说："只要我们共同记忆那些丑陋，总有一天，我们能将丑陋转化成美丽。"是呀，还是根叔说得深刻："什么是母校？就是那个你一天骂她8遍却不许别人骂的地方。"

　　对母校尚且如此，何况"青科大"就是家！

（原载《青岛科技大学报》第693期）

先斟满自己的杯子

赵晓芳

  时光荏苒，来图书馆工作已经快 9 年了。9 年的图书馆生涯，让自己和书产生了水乳交融的关系。曾经常听别人说"不可一日无竹"，如今我却想说"不可一日无书"。每天陪伴着书的日子成了快乐的日子。静静的书就像静静的时光，只是在穿越这些时光的时候，心会和书一起经历一些起伏跌宕……书是我的朋友，书是我的家人，书是音乐，书是大自然，书是我生命里不可割舍的一部分。书让我知道自己在这个世界上的渺小，知道这个世界的博大和丰富，以及人生的无穷乐趣。这一切，使我深深地感谢青岛科技大学图书馆，它提供了这样一个载体，让我像驾着一只帆船一样在海里自由地航行……

  每天上班的时候，打开书库的门，整架上书，在书架里走来走去；每天为学生借还书，一本本书递进来，一本本书再递出去。这些看似平淡又简单的行为，却是我的神圣而有意义的工作。何谓有趣的工作？若是你赋予了它意义和趣味，它便有了意义和趣味。而在童年时代，小小的自己趴在书店柜台前时，真的很羡慕书店里的工作人员；学生时代在图书馆里借阅书籍的时候，我也羡慕图书馆里的工作人员。今天还记得我们县城图书馆的儿童图书管理员长得好漂亮，当然更羡慕漂亮的她拥有这份幸福的工作。没有想到多年以后的自己竟然也做了这份工作。如今仔细想想，这也许暗暗契合了生命中蕴藏的某个小小梦想。尽管自己还有更多的梦想，但是，图书管理员毕竟是诸多梦想中珍贵的一个。其实，写到这里的时候我是充满喜悦的，因为很多时候我可能忘记了自己是在实现着自己的梦想。

我现在工作的地方是在四方校区科技书库，初来时陌生，现在已亲切非凡，这儿收藏着青岛科技大学四方校区理工科专业的核心专业书籍，如化工类、材料类、环境科学类等。看到来馆的师生们能找到自己需要的书，自己还是喜悦的。记得曾经听到张淑华副校长在图书馆会议上说过："看一所高校，首先是看这所高校的图书馆。图书馆在高校文化传播的作用是举足轻重的。"当时张副校长这句话给我留下了深刻印象，此刻重新回味这句话还是觉得别有一种感觉。在我看到的世界十大著名图书馆中，其中就有哈佛大学图书馆，很容易感受到这个世界上很强大的大学，它的图书馆也是很强大的。哈佛大学有100座图书馆，这个数字令人惊讶。报道里曾提到哈佛大学图书馆凌晨4时还是灯火通明、座无虚席，这一点更加令人惊讶。这会让我们体悟到最权威、最智慧的大学没有别的特殊的秘密，是因为他们把更多汗水、更多梦想用在了努力上，努力读书、努力思考、努力研究才有辉煌的成果。在这个梦想实现的过程中，图书馆就像是机场里飞机滑翔的航道，没有这个看似平实的航道，没有这个积极的贴着地面的滑行积蓄起来的力量，飞机纵使有翅膀，也难以飞起来。

青岛科技大学现在在崂山校区、四方校区及高密校区一共有3座图书馆，都坐落在校园里面比较醒目的位置。在我们60多年的校史中，拥有这3座图书馆楼是值得骄傲的。我们图书馆现在藏书量达到243万多册（含电子书籍），这个数字是骄人的。而且我们几年前就达到了藏、借、阅一体化，从而给借阅书籍的教师和学生提供了最大便利，这也是令我们骄傲的。在未来的岁月，通过学习其他先进高校的图书馆经验，我们可以做得更好，使我们科技大学的师生在使用图书馆的时候更加舒服和得心应手。"学习这件事，不是缺乏时间，而是缺乏努力。"据说这是一个世界著名的大学图书馆墙上贴的20条训言之一。这句训言对我们图书馆工作人员和来图书馆学习的莘莘学子来说都有深刻的教育意义。作为图书馆人，我们更应该阅读书籍并用心思考来提升自己。除了能够为学校师生提供更好的服务，我们也能更加真实地感受到生命的充实和工作的价值。

  梦想和现实相结合才能让我们的心灵飞翔得更远。我所工作的科技书库除了借阅理工科书籍外，还有新校图书馆综合书库还书窗口，这个窗口的社科类书籍占了大部分，在从学生手中接过书的时候，经常能看到一些有趣的书，这是非常吸引我的一点，文学的、历史的、艺术的、生活休闲的……林林总总，不一而足，给自己的心灵带来了无限的喜悦。有时候会想到，若是我没有在图书馆工作，大概没有这么好的便利条件读这么多有趣的书吧，所以就会更加珍惜这个美好的环境。记得在去年的时候，我忽然看到一本书，书名是"先斟满自己的杯子"。这个特别的名字一下子就吸引了我。除了书名，封面上恬然微笑的照片也异常吸引我，这是我在电视上见过的金韵蓉老师，除了众所周知的"国际芳香疗法治疗师学会专家"这个称号外，她还是专栏作家、时尚生活专家和心理学顾问。金韵蓉老师的笑容一看就觉得很舒服，恬静、平和、亲切，虽然不是惊艳的美丽，却像是她在书中提到的茉莉花，那优雅的香气令人回味和难舍。美貌与智慧并存，这才是拥有无限魅力的人。我迫不及待地翻看这本书，看过部分内容之后心里又有点舍不得的感觉，不想一口气读完，而是想一点一点品尝。虽然这是一本女人写给女人的幸福魔法书，我却期待所有的同事及朋友都来翻阅一下这本书，它对我们的生活和工作的许多方面都是有启发意义的。

  摘抄书中一首小诗：
不要再等待别人来斟满自己的杯子
也不要一味地无私奉献
如果我们能将自己面前的杯子斟满
心满意足地幸福快乐了
自然就将满溢的福杯分享给周围的人
也能快乐地接受别人的给予

  在生活里，我们若是自己能做一个幸福快乐的人，我们的家人和周围的同事、朋友都会继续传递着这种快乐。快乐和悲伤就像湖面的涟漪，一圈一圈荡漾开的时候，整个湖面都会受这情绪影响，所以首先自己要做一个幸福快乐的人。在工作的时候，若是我们将快乐和幸福写在脸上，到图书馆借阅书籍的老师、同学也会被这种情绪感染，从而感觉到愉快。书是静止的，人是生动的，通过努力，我们会让图书馆显得既静穆又有生机。我们读很多的书，不断提升自己，也就是把我们自己的杯子装满，这样我们会给工作带来更多活力，从而使我们的图书馆的事业更加出色。

恰逢图书馆文明服务月，写下这些文字，和同事们、朋友们共勉。

（原载《青岛科技大学报》第647期）

在教育部借调的日子

李鲲鹏

时间都去哪儿了？

转眼间，一年的借调期如白驹过隙般匆匆而过。回想借调期间的种种，一切犹如昨天，历历在目，滴滴在心。

借调归来，我一直在思考两个问题：我收获了什么？我留下了什么？回答这两个问题，我想可以用"三个收获"和"四个留下"来简要概括。

首先说说我收获了什么。最重要的就是收获了一份珍贵的友谊，认识和结交了一帮好领导、好同事、好朋友。天下之大，若不是机缘巧合，也许今生只能擦肩而过。到教育部借调，对我来讲十分意外，也十分难得，因此我也十分珍惜。工作以来，我一直待在学校，做过辅导员，当过宣传兵，但是对到教育部国际司借调我还是有些忐忑的。因为去之前，我甚至不太清楚自己去做什么、能帮人家做什么。带着这些疑问和学校、家人的支持，我还是克服了重重困难，毅然决然地前往北京。北京，首都、国际大都市、政治文化中心，对我来讲是那么陌生，毕竟这是我第一次去。一切都是新的：新的环境，新的工作，新的生活，新的氛围，新的领导，新的同事……感觉自己就像井底之蛙跳上了井口，欣赏井外的世界，开始井外的生活。在国际司领导和同事的帮助下，我很快适应了那里的生活，也很快投入新的角色中。在与大家一起工作、一起生活、一起学习、一起努力中我们结下了深厚的友谊，对我而言，这是我此行最宝贵的财富，也是最大的收获。忘不了领导们的谆谆教诲，忘不了同事们的循循善诱，忘不了朋友们的点点关怀，也忘不了在部里集体过生日并得到司长亲笔签名的贺卡……国际司有百人团，大家都惺惺相惜、心心相印、相互关照、相互补台，不论是公务员还是借调人员，大家都一视同仁，视对方为自己的兄弟姐妹。

其次是收获了一次难得的机会，一次学习的好机会，一次锻炼的好机会。我非常珍惜这次机会。远离家乡，远离学校，远离亲人，远离同事和朋友，只身前往北京，一切重新开始。部里的工作环境、工作方法、工作模式都跟学校不一样，而且领导的风格、同事的性格也不一样。在借调一年多的时间里，我学到了很多，有为人上的，也有处事上的，让我开阔了视野、拓展了思路。我很享受国际司宽松自由的整体氛围，很感叹大家精益求精的工作态度，很赞赏大家同心协力的团队精神，也很欣赏大家乐于分享的行为习惯。如果没有借调，我可能没有机会聆听部领导和司领导的现场讲话，没有机会领略张艺谋、马光远、敬一丹、董关鹏等的风采，也没有机会听取"双月讲坛""半月谈""青年论剑"等一场场精彩纷呈的报告……有句话叫作"跟什么样的人在一起你就会慢慢变成什么样的人"，在教育部工作学习的时光虽然短暂，但是每一天都过得快乐而充实，也在耳濡目染、潜移默化中让自己变得愈发优秀。

三是收获了一场难忘的经历。在教育部借调期间，经历了很多的人生第一次——第一次出国前往西班牙执行公务，第一次给部级领导写材料，第一次参与了几个部级文件的制定，第一次从事团组管理和国外教育调研工作，第一次跟中央外办、外交部、外专局、审计署、交流协会、留服中心、留学基金委等部委和直属单位打交道，第一次参与驻外使领馆教育处组工作会议、中英高级别人文交流机制活动和教育外事工作专题研讨班，第一次进入钓鱼台和朝鲜驻华大使馆，第一次拜访芝加哥大学北京中心、天闻数媒和国家开放大学……一次次的经历让人难忘，我也在一次次的经历中提升了自我。

当然，还有很多很多的收获，就不一一列举了。有付出才会有收获，有收获自然需要有付出。那么，到底我付出了什么、留下了什么呢？这个问题我思索良久。是要好好想想这个问题，证明我真的没有白去，证明我还是给教育部国际司的领导和同事们提供了一些力所能及的帮助，也证明我没有给科大丢脸。

一是留下了两本书。经过近半年的努力，编辑整理了《教育外事工作文件汇编（1999—2013）》，共收入15年间有关教育外事工作的文件140份，27万字，为教育系统相关人员全面掌握教育外事有关规定提供了有益参考；丰富完善了《因公出国（境）管理规定汇编》，收入文件66件，近400页，为教育部从事团组审批管理的同志做好相关工作打下了基础。

二是留下了两本手册。临走前，我编创了《因公临时出国（境）团组审批管理工作手册》和《国外教育调研汇编工作手册》，这两本手册凝聚着我的心血和一年多来对两项工作的经验与体会，手册里有整个的工作流程、注意事项及经验分享等。当时跟处室的领导开玩笑说，这两本手册一出，希望达到"一册在手，工作不愁"的效果，不像我刚来的时候两眼一抹黑，不知道从何下手。有了这两本手册，接手这两项工作的同志能很快进入角色，知道自己该做什么、该怎么做。此外，还就汇编优秀出访报告、升级改造出访团组审批管理系统等工作提出诸多建议，受到领导重视并被采纳，也让我备感自豪。

三是留下了一套《国外教育调研材料汇编》（以下简称《汇编》）。刚到部里不久，按照领导指示，我对《汇编》进行了全新改版。在教育部借调期间，我编辑制作了20余期《汇编》，呈送部领导，分发教育部各司局、直属事业单位、部属各高等学校及各省（市）教育厅（局）等，实现调研成果共享，为国内外沟通教育信息搭建了很好的平台，多次受到部领导及使用单位的好评。

最后，也留下了一些遗憾。天下没有不散的筵席，既然是借调，终究要离别；既然选择了远方，便只顾风雨兼程。不能继续与国际司的朋友们一起并肩作战，对我而言，有些遗憾。还有一些未了的工作和未了的心愿，只能期待后人去完成。临行前，我跟国际司的领导和同事们一一道别：我们所从事的是太阳底下最光辉的事业，我将与大家同叙庠序情，共筑教育梦！期待不远的将来我们再次相见！

（原载《青岛科技大学报》第699期）

大邱之旅：难说再见

——暑期赴韩国参加国际大学生节见闻

尹艺伟

夜里 12 点，翻看着文件夹里的四五百张照片，毫无睡意。作为赴韩国大邱参加国际大学生节的成员之一，我的韩国之行结束已有 20 余天，每当向人提起那段旅程时，依然兴奋得像个第一次出远门的孩子。

首尔仁川机场随处可见的中文指示牌和驱车 4 小时赶来迎接我们的韩国学生，令我们消除了许多陌生感。在苍翠树木的簇拥中，我们乘坐校车前往岭南大学，开始了 7 天 6 夜的韩国之旅。

先前对于日韩文化的偏见甚至政见的分歧，在这里渺小到不见踪迹。抵达岭南大学当天的开幕晚宴上，当身着各国传统服饰的同龄人冲彼此微笑时，你会觉得之前的顾虑都是多余的。我身旁的日本姑娘一边用不太熟练的中文作自我介绍，一边往我的餐盘里盛菜，教我日语中"寿司"的说法。他们的谦虚和礼貌使我不得不以十二分的真诚来回应。就是在这样一个过程中，我们渐渐熟悉起来。

接下来的 3 天里，我们参观了岭南大学校园、桐华寺、POSCO 浦项钢铁城，还有 8 月末刘翔即将来此参加田径世锦赛的大邱体育场。8 月初的大邱骄阳似火，活动行程之密集时常让我们累得喘不过气来。除了白天的参观游览项目，还有安排在晚上进行的"友谊之夜"活动、联欢会等。

8月5日，结束了在岭南大学的集体活动，晚上的home-stay见面会上，我有幸作为外国学生代表上台发言。回顾4天来与各国学生们朝夕相处的情景时，修改过很多遍的英文发言稿也被我丢在一旁，因为心中溢满暖暖的感动，有太多的话语需要传达。

两天的home-stay生活短暂而充满新鲜感。初到韩国人家，晚辈对长辈须点头甚至鞠躬行礼；在家中地板上赤脚走路，并不更换拖鞋；传统一些的家庭里，人睡在地板上，不见床的踪影；吃饭时发现他们大都使用金属餐具，从未用过木筷，更别说在中国随处可见的一次性木筷了。在岭南大学时每餐必备的泡菜，也毫无意外地出现在韩国人家的餐桌上……这些都是日常生活中的小细节。宏观一点，当我们走上韩国的街道，首先映入眼帘的是茂密的行道树，甚至是一片片连绵的山林。在韩国99000平方千米的国土中，山地、丘陵就占据2/3的面积。然而，他们并没有在这些山林中大搞什么基础建设，而是很好地将其保护起来，用绿色带给人们畅快与宁静。

大邱的街边看不到醒目的高楼或太多在建的工程，雨后的城市似乎多了一份成熟和优雅。乘车驶往乡下的途中会经过许多穿山隧道，两侧的房屋渐渐变矮，绿色田野中也渐渐有了工厂的身影。乡下的人家住的是独立的小院或者别墅，整齐地分布在道路两旁，每家每户门口停放着两到三台车——依然是现代或起亚。他们就这样在城乡之间穿梭自如，而中国的城乡差距似让人体验着两种截然不同的生活。

然而，由于地缘的靠近和历史渊源，你会发现韩国有许多和中国相似甚至相同的东西。客厅里悬挂的两幅汉字书法作品"韬光养晦""讷言敏行"一下子就吸引了我的注意。此前参观岭南大学博物馆时，那些有着亚洲共同点的文物让我们感到亲切不少，而一些甚至有着"中国特色"的展品却也添了几丝尴尬。不管中国人对自己的文化珍惜保护与否，韩国人的确已在不知不觉中把出自华夏大地的东西一点点拉向了自己的重心。而我们在四处盲目扩建摩天大厦时，是否应对此进行一点反思了？

行文至此，不想收场，也难说再见。就像刚刚抵达岭南大学那样，从最初的矜持、对未知事物的好奇，到渐渐敞开心扉，与热情好客的韩国人成为亲密的伙伴，在韩国家庭里做客的周末是这个夏天最难忘的回忆。8月8日上午，我们在大邱会展中心参加了活动闭幕式，随后恋恋不舍地与大邱告别，返回青岛。又是短短75分钟的飞行距离，落地即开手机，邮箱里已经收到韩国朋友发来的E-mail，愈发觉得拥有这份跨国友情是件多么暖心而珍贵的事情。

照片可以回放记忆，再多的文字也表达不出充满惊喜与波澜的韩国之旅。别了，大邱。我们约好保持联络，将来某天一定还会拜访彼此。Auld Lang Syne。

(原载《青岛科技大学报》第609期)

欢送班主任

石蓬波

送别，本是一件伤感的事，但当以并不伤感的形式呈现时，就会加倍还原真实的感情，让积蓄已久的涌动在瞬间迸发。

大三，选定导师后，班主任老师就要自动离任。在我们的班主任离任之际，班里组织同学们以自己独特的方式欢送。学生干部们收集了每个同学的旧照，稍加编辑，制作成了一个大大的专辑播放。"哎，这是谁？""那是谁？""好幼稚啊！"在一片七嘴八舌中，专辑播放到了末尾，班主任上台讲话了，教室里反而变得出奇的安静，有一种伤感的情绪弥漫，掠过师生湿润的双眼，融化在每个人的心里。

"虽然以后我不再是你们的名义上的班主任，但我还会一直关注同学们的成长。"班主任的言辞没有了原来的轻松，代之的是浓浓的不舍与眷恋。气氛压抑到了极点，不知谁拍了拍手，教室里瞬间爆发出了热烈的掌声。这掌声中不仅仅是对逝去日子的追忆，不仅仅是岁月不再的感慨，更多的是对师生情、同学友谊的追忆与畅望。

还记得班主任刚刚上任时的样子：高高的个头、整齐的头发，戴一副黑框眼镜，儒雅而帅气。"大学班主任不像中学或小学那么严格，但是我会尽我所能，做一个合格的'后勤管家'，帮同学们解忧除困。我会一直关注同学们的成长。"言辞轻松而有力，充满了对同学们的关爱，一下子拉近了与同学们的距离。

后来我们渐渐熟悉起来,"大哥"和"学长"的称呼也让师生变得更加亲切。在两年多的相处中,班主任给我们留下了太多的回忆:每次去办公室,班主任都会问我们的学习情况,有什么困难。他密切关注着每位同学的成长。有什么好吃的,糖了、小橘子了,都会分给我们吃,在中秋节的时候,班主任还自己掏钱给每个同学都买了月饼。他还会手把手教我做一些看似很小却很实用的事情,比如怎样使用打印机、怎么更简便地弄表格。班主任很少发火,但也有动怒的时候。一次,老师让我帮他找报纸上关于学校的报道,我认为是很简单的小事,心不在焉,竟把应有的新闻漏掉了,我急得满脸通红。班主任并没严厉批评我,只是严肃地说了一句:"以后做事一定要认真。"

时间过得真快,转眼间两年多的时间过去了,两年多的光阴并没有在班主任脸上留下痕迹。他还是那样的儒雅和帅气,而我们却已经走到大三,被新来的学弟学妹们当作学长,日渐成熟,愈发稳重。

在场的每位同学可能多年之后都不会忘记这样一幕:班主任边切蛋糕,边招呼每个人过来拿着吃,一旁是帮忙的辅导员与班长。这是我们关于大学的美好记忆的一部分,它深深地珍藏在我们的脑海中。其实,每个人都应该有这样的珍藏,那才算得上无法估量的人生财富。

到了大学,本以为不会再有像中学时那样日积月累的师生情谊。后来才发现,我错了,大学的师生情谊虽不如中学那么紧密,却也更加弥足珍贵。

两年半的相处与关爱浓缩成了简简单单的一句话:看似普普通通,却真挚而深沉。班主任卸任了,但是他留给我们很多东西,那些东西与功利无关,与心灵很近。

(原载《青岛科技大学报》第587期)

老枣树的故事

王杨杨

有那么五六年的时间,我就住在记忆里的那个老院子里。老院子很大很大,被土墙环绕,因为土墙历史久远,泥土被阳光抚摸得干松柔软。被土墙拥抱的院中有一棵枣树,在我的童年时光里烙下一个深邃而清晰的印象。

在我入住这所老宅子之前,土墙就静静地环绕着宽敞的宅院。土墙像一个沉默沧桑的老人,用晚年的最后一丝血气呵护着那几间破旧的老屋。院子的正中间,有一棵高耸挺拔的枣树。从踏进这个院子的第一刻起,枣树就像一个等候多时的主人用和蔼可亲的目光迎接我的到来。之所以到现在还对它念念不忘,是因为它实在是太高了。现在村子里的枣树都是又矮又胖且笨拙的枝杈随意伸展着,人们一伸手就可以触摸到沉甸甸的枣子,因为太平易近人,仿佛结出的果子就是为了给人们吃的,所以不免让人觉得它们太卑微了,像一个个好欺负的老实人。我家的那棵老枣树可不是这么容易让人接近的。它真的太高了,似乎是一个饱经风霜看淡人事的智者,故意努力地向上生长,长成了村子里最高的枣树。不知道它小时候是否也经常仰望天空,那么努力地想要呼吸自由的空气,想要突破大自然的限制,一直长啊长,把枝杈伸到月球上去才尽它意呢。

老枣树是有些年纪的,干裂的树皮像老人的皱纹,岁月浸透了它的身躯。风雨像顽皮的孩子似的，调皮地捶打着它的身躯。而我和弟弟总喜欢在盛夏的某个日子里，从苍老的枣树那儿索取为数不多的枣子。这一幕多像年少无知的小孩跪在爷爷、奶奶身前，抱着老人的腿哭着闹着要听故事。而爷爷、奶奶禁不住年幼的孙儿撒娇，只能从漫漫的时光中捡取一段有趣的小故事，满足小孙儿的好奇心。故事讲了一个又一个，孙儿渐渐长大，爷爷、奶奶也老了，讲不动了。老枣树也一样，总有一天结不出甘甜滋润的枣子了。到那时，曾围绕在它身边等待吃枣子的孩子，还会怀揣着一份小小的渴望陪在它身边吗？

老枣树最后的几年生命里，还在勤恳地从土壤里吸收养分，想要保持自己往日的尊严。无奈它实在太老了，结出的枣子零零散散地悬挂在枝头。在院子里，我度过了最美好的一段时光，对我而言这是有趣而快乐的。现在想想，对老枣树而言也许是一种伤害。

枣子生长的地方太高了，而我和弟弟都不会爬树，用竹竿也打不到，所以，年少无知的我们因为嘴馋，想尽了各种办法摘枣子。最后的办法太暴力和野蛮了，我们打算用投掷的办法把高高在上的枣子打下来，小石子、土块、木头疙瘩都成了我们获取果实的工具。我和弟弟甚至把自己想象成在野外生活的野人，努力地获取口粮。于是就有了这样一幕：我们憋红了脸，使出吃奶的劲，把手头的东西扔向枝头，伴随着"砰砰"的声音，枣子纷纷落在地上。我们就像抢宝物一般捡取这来之不易的成果。伴随枣子掉下来的，还有残缺的树枝和叶子。因为我们的暴力掠夺，树叶都要被我们打光了，原本就稀疏的叶子更加惨不忍睹。现在想想，老枣树最后想要保留的美好形象竟被两个无知小儿破坏了，就像调皮捣蛋的孙儿爬到爷爷、奶奶的肩膀上偷拽老人的头发。如果老枣树当时有表情的话，是会气得吹胡子瞪眼呢，还是无奈地任由我们胡闹？

不知经过了多少年月，老枣树一直静静地守候在院子的正中央，看着院子里的人们忙碌着。当落日的余晖轻柔地笼罩老院子的时候，从灶台中袅袅升起的炊烟环绕在老枣树的周围。老枣树就像一位为儿孙们忙了大半辈子的老人，掂着自己的烟锅子，蹲在这生活了一辈子的院子里抽旱烟，夹杂着草木味道的炊烟就像从老人嘴里吐出的烟圈。"老人"就这样安然地享受这难得的闲暇。

　　如今老枣树早已不在了，老院子也没有人居住了，但是院子不能闲着。院子里的空地上先是种满了杨树，后来又成了菜园，或在麦收的时候作为晒麦子的场地，或某个季节种上时令蔬菜——青的辣椒、红的柿子、绿油油的黄瓜、圆滚滚的冬瓜。老枣树已经不在了，也不知道它会不会原谅我童年时的无知和调皮，也许它只会无奈地用慈爱的目光看着我吧。它现在一定是欣慰的，因为在它曾经生长过的土地上，无数的生命正在生根发芽，接替它享受雨露的滋润、阳光的抚慰。

（原载《青岛科技大学报》第669期）

桑 葚

韩 佳

乡下的夏天总是热。进了5月，蝉就鸣起来了。蝉一鸣，夏天就来了。劳动节过后，学校的娃娃们中午有了两小时的午睡时间。

芹和婷婷姐被安排在星期二"巡逻"。所谓"巡逻"，不过是在村子里转一转，看到哪家的孩子在街上玩耍就让他回家睡觉。这天，两人在村里转了一圈，一个人也没见着。各家的狗趴在窝里睡觉，舌头伸出来，摇着尾巴驱赶蚊虫；大人们也偷闲躲在家里不出来。于是，芹和婷婷姐跑到村后玩了。

村后有一个果园，婷婷妈在那里放羊。大家都在家里凉快，不知为何她却在放羊。芹和婷婷姐去找婷婷妈。进了果园。咦，桑葚熟了！红的、紫的挂满枝头，晶莹地闪着亮光。芹蹦上一块石头，伸手扯着树枝摘桑葚吃，不一会儿，小手就被桑葚的汁液染成了紫色。那桑树并不大，结的桑葚也不多。这棵树上的摘完了，芹便跳到另一块石头上换棵树来摘。那果园不算大，土地也不平整，果园里果树却不少，有苹果树、桃树、樱桃树、山楂树、李子树、桑树……桑树是野生的，长在田边地头，与石头为伍。芹是不管这些的，她只晓得桑葚好吃，也不觉在石头间蹦来跳去有什么不便，反而感到有趣。吃足了，蹦累了，芹就坐在石头上晒太阳。太阳那么大，又圆又亮，好像再没有那么好的太阳了。说起果园，还真有一个比这更好的。

最好的果园是二姥爷家的果园。那果园才叫棒呢，里面有各种果树，面积也大；最妙的是果园里有一棵大桑树，结的果子不是黑紫色的而是白色的。白色的桑葚一点也不酸，塞进嘴里是满满的香甜。每到夏天芹不惦记别的，就惦记着白桑葚。可二姥爷家的果园不像别家的果园随意拉个围墙安上个破门像那么回事就行了，他家果园的围墙上插着荆棘，门是木头的，挂着一把生锈的大锁。但是芹还是想办法进去了，直奔桑树而去，爬到树上摘一把桑葚送进嘴里，再摘一把放进随身带的方便袋里，速战速决，没几分钟就出来了。芹也想多待会，看看别的果树结果没、熟了没，可是不行啊，二姥爷对果园宝贝得很，一天要来看好几趟，被他逮到就糟了！

芹回到家，妈妈正躺在沙发上看电视，手里摇着蒲扇。芹把袋子放在桌子上，说了声："喏，吃桑葚，妈！"她妈只抬头看了一眼就都明白了，这白桑葚可只有二姥爷家的果园才有啊！芹妈拾起几颗桑葚放进嘴里，边尝边说："芹呀，咱以后可不要去了，你二姥爷嫌呢！""不去，嘿，不去你哪有桑葚吃！"芹心里这样想着。蒲扇一摇一歇，时光扑啦啦飞走了。

现在芹有多年没吃到桑葚了。学校教学楼后面倒是长着一棵桑树，春上芹打边上走过，细细看了，嗯，有青果子。夏天再看，嚄，这哪能吃！桑树长病了，树叶黄了大半；走近了瞧，原来是密密麻麻的小虫子。芹胃里一阵恶心，不再想桑葚的事。

记忆里桑葚的味道、童年的味道都已远去，不谙世事的女孩终究要长大，要告别那无忧无虑的童年。

（原载《青岛科技大学报》第672期）

妈妈的那些"证"

王彩玉

每个人的一生中都会有很多证,如出生证、身份证、学生证及各种荣誉证等。有人将其细心保存起来;有人将其随手抛置;有的人,比如我的妈妈,则把那些证送给了我。起初,我不解妈妈的用意,只在闲暇时翻看这些证件来解闷。随着年龄与阅历的增长,当我再次翻阅它们时,心中涌起一股股感动的热潮……

妈妈出生于20世纪60年代末的农村,在那个出生证、学生证只在大城市里流通的年代,唯一能证明妈妈身份的只有在她18周岁后由村里集体办理的黑白身份证。身份证里的中国地图上印着妈妈的相片、名字和民族等信息。相片中的妈妈扎着马尾辫,正襟危坐。当时比妈妈小几岁的姨对妈妈的身份证羡慕不已,求妈妈让她拿在手里看看,但妈妈舍不得,用一块红布将其包起,放在贴身衣服的口袋里,只在找工作、参加学习的时候才拿出来。

到了1990年,妈妈才有了第二张证——农业技术员证。那时,我的父辈们结伴外出打工,妇女则留在家里跟着由市政府从外地聘请来的老师学习种树、养蚕、养鸡等。只有初中文化的妈妈学习这些农业技术相当吃力,许多专业术语是她之前闻所未闻的。不少与妈妈同时参加学习的妇女因为受不了压力与辛苦不久就放弃了,妈妈却一直坚持着,白天下地干活,晚上一边查字典一边学习，自始至终没有一句抱怨苦累的话，最终拿下了农业技术员资格证。同年，在村民的投票选举中，妈妈被选为村委会成员并担任妇女主任。

由于妈妈工作出色，1996年她被推荐加入了中国共产党。党委领导来家里送党员证时，妈妈接过火红的证书的刹那，眼角有些湿润。她说，她从不敢想象一个在土里滚打的农村妇女能成为一名党员。

入党后，妈妈更加勤奋，工作一丝不苟，待人处事一如既往地热情爽朗，并开始关注国家大事。在1998年水灾、2007年雪灾、2008年汶川地震时，妈妈主动交纳特殊党费，并且动员全村人捐款，每一次都不懈怠。后来，市里给每位交纳特殊党费的党员颁发了荣誉证书，于是有流言说妈妈之所以交纳特殊党费是为了出风头。熟知妈妈的人都为她抱不平，她却淡淡地说了一句："咱们自己知道不是为了那本证书，这就足够了。"

2007年，国家实行身份证换代，彩色身份证取代了妈妈使用多年的黑白身份证，只是照片中的妈妈从乌丝如云的少女变成了华发历历的中年人。有人说，岁月带走了多少，也会回馈你多少。那年年底，妈妈获得了"优秀妇女"的称号，火红的证书揭开了新的一年的序幕。

一本本证，承载了妈妈近50年的记忆，也见证了时代的发展与进步。我将它们贴着胸膛抱在怀里，感受着祖辈们奋斗的艰辛与成功的喜悦，一种骄傲之情伴着责任感油然而生：我将会时刻铭记这些证件的来之不易。而当我接过属于自己的各种证件时，一定会承担起延续今天幸福美好生活的重任。

（原载《青岛科技大学报》第539期）

一碗疙瘩汤

郑玉斌

曾经读过这样一段文字:"在上大学踏上火车的那一刻还没有认识到,从此故乡只有冬夏,再无春秋。"现在细细想来,确实如此。家乡在遥远的东北,每年寒暑假才能回去。记得上次回到家乡,眼前是白茫茫的一片,同时也夹着刺骨的寒风。我想,这次回去应该是烈日并充斥着一阵阵空调运作的震动声了吧?而那最美的最令人难忘的播种、耕耘与收获的季节都被错过了,那些错过的美好的景象也只能留在记忆中了。

大学里的课业负担虽然轻了,但是从开学到现在的每一天事情都很多,也很杂,一直难得放松。正好今天中午有时间,便和朋友一起去了一个小快餐店,要了一份热菜、两份凉菜、几个馒头,最重要的是还点了一碗疙瘩汤。刚开始的时候并不知道为什么要点这个汤,菜谱上的汤品有很多,下意识地点了它。等了一会儿,饭菜齐了,因为有喝汤的习惯,所以疙瘩汤一上来就盛了一碗,也不知道什么原因,就迫不及待地喝了起来。当用勺子喝完第一口时,我的心被撼动了,这种甘甜绵软的口感、有点硬的疙瘩、黏稠的汤汁、入嘴的烫、咬下去的松软……一切都是那么熟悉,好像回到了我日思夜想的家。这种味道是那么熟悉,那么让我感动,那么让我思念,一种滚烫的液体随即在我眼眶里打转。此刻,我终于明白当时为什么会在那众多汤品中选这疙瘩汤,因为它让我想起家乡的味道,尤其是母亲的味道。不知道是好久没喝了的原因还是厨师的技艺精湛，我越喝越觉得像母亲做的，越喝家乡的味道越浓，越喝越想喝，以至于越喝越快，好像很多年没喝过汤似的。最后朋友实在忍不住了，便说了一句"慢点喝，又没有人和你抢"。

  朋友说得对啊，只有我和朋友，又没有外人，朋友又不会和我抢，我为什么要喝得那么快呢？为什么会自然地一口接一口地用勺子喂自己喝呢？为什么我会有一种想像气吞山河一般一口把这碗汤全部喝了的感觉呢？原因不言而喻，因为我太想念家乡了，太想念我的母亲了，虽然我一直不想承认，但这却是事实。

  "儿行千里母担忧"，我还记得在来青岛的前几天，母亲每天都会检查那几个给我准备的箱子，生怕忘了什么东西；同时，每天又会往里面塞许多新的东西，担心我没有东西用。举个例子来说吧，来时我告诉母亲青岛是沿海城市，并不像家乡那么冷，而且学校里也发放被褥，不用从家里拿被子。可母亲却听不进去，她说拿着吧，有备无患，以至于我现在除了学校发放的"躺"在我床上的那床被子外，还有两床从家乡带过来的被子静静地"睡"在橱子里。橱子里的空间所剩无几，只能放下几件衣服了。即使这样，每天打开橱门，我一点也不感觉拥挤不堪，反而觉得很舒适、很温馨。看着这窄小的空间，我有时会不自然地笑，以至于室友看见时会说我神经。很久很久，这种感觉始终如影随形，挥之不去，但我却不知这是为什么。一直到今天喝完这碗疙瘩汤我才明白，那是因为我思念家乡，尤其是思念父母。我远远没有自己想象的那么坚强，以为自己不会想家，一直以来也不承认自己想家，直到这碗疙瘩汤的出现，我才确定、才肯定：我想念家乡，想念家人。我之所以会对着那窄小的空间笑，是因为那两床被子是母亲给做的。现在已经是6月下旬了，再过半个多月就可以回家了，到时我就可以尝到母亲亲手做的疙瘩汤了。

  妈妈，我想喝您做的疙瘩汤啊！您知道吗？

（原载《青岛科技大学报》第637期）

潮爸潮妈

唐可云

从我读高中时,老爸老妈就开始变得越来越"潮"了。

没有课的时候登录QQ,会发现爸妈亮在线。一次打电话时,我开玩笑说:"哼,上班还敢挂着QQ,就不怕领导看到批你?"爸妈都是笑笑说没事,领导也开着呢。

不仅是聊天,老爸老妈还开通了QQ空间,时不时写一些心情日志,我看到好友动态时,忍不住到他们的空间去"走访"一番。

老妈的日志以家庭琐事为主,还转载了许多做菜的日志。原来,她经常在电话里讲最近又学会了某种新式菜的做法,都是从网上学的啊。老爸则另辟蹊径,最近竟然转载了一篇《二十岁了,要如何调整自己的心态》这样的文章,让人摸不着门道。不过,我很快就明白了其中的含义。很明显,这篇日志是转载给我看的。想来平时和老爸待在一起的时间较少,没有机会听他说教,或许他也觉得一开口就说教有点难以开头。平时大大咧咧的老爸原来用意深远啊。

有趣的是老爸老妈还学会了在淘宝网上网购。"哎哟喂,老妈,可以啊!"每每这时,我都会对老妈赞不绝口,因为就在几年前他们还是十足的"网络盲"。

学会上网后,二老的表现也越来越"给力"。老妈的变化最明显。她从喜欢《同一首歌》到《欢乐中国行》，从关注湖南卫视的《天天向上》到《快乐大本营》，把听到的新歌的歌名和歌手对号入座，问我记得是否正确；听到新名词、网络语就一一询问我是什么意思，还能"学有所用"，在我们聊天的时候时不时冒出一句"孩子,给力啊"。后来老妈还喜欢上了穿着另类、边唱边跳的花儿乐队，这些都让我惊讶不已。

后来听爸爸的同事说，爸妈是从我上高中以后才开始转型的。那时候我学会了上网，整天忙着和玩伴们聊天，忽略了爸妈的感受，让他们有点无所适从。在我复读的时候，老爸更是紧张得经常失眠。后来，他们就开始学着上网，试着了解我的想法和感受，"潜伏"在我的QQ好友之中，一点点融入属于我的小圈子。

从一开始学习使用QQ聊天，到后来喜欢上"种菜偷菜"，再到老爸老妈变成十足的"潮爸潮妈"，爸妈的一次次改变在无形之中让我们的距离更近。原以为那是和父母心有灵犀的"默契"，其实是爸妈"步步为营""处心积虑"地"赶潮"。我知道，他们赶的不是时尚的潮流，而是我所在意、所向往的心灵栖息地。点点滴滴的关注和不谋而合的共鸣，其实有时是他们在努力迎合着我前进的节奏。每每想到他们所做的这些努力，除了有种发自内心的自豪以外，还有一丝暖流在心中涌动。

（原载《青岛科技大学报》第611期）

成长的盒子

刘懿娴

我很小的时候就发现床底下有一个黄色的发旧的木盒子,模样敦实,挂着一把生了锈的三环锁。每当有重要事情的时候,妈妈会把盒子打开,拿出一些证件或者文件,然后再放回原处。有时,我坐在床边看着电视,会看到妈妈突然急匆匆地进来,打开木盒子,拿些东西,再锁上,放回去。

我也只是在母亲打开盒子的瞬间,瞄到里面有些暗黄色的纸,上面还刻有看不清楚单位的公章。我长大后,妈妈告诉我,里面放了房产证、户口本……"里面还有当初生你时候的罚款单呢!可不是开玩笑的。"听着妈妈的玩笑话,我笑了笑,但是并不轻松。后来的许多年,在爸妈和许多亲戚回忆的言辞中,隐约听出了我出生的故事,我理解了当时的 3000 块钱,给我一无所有的新婚不久的父母带来了多大的经济压力和精神压力。从那时候,我的心里多了一块小小的石头,也多了一粒小小的种子。

从小到大,与爸妈聚少离多、独立的生活方式,让我更加理所应当地看着他们的付出,享受着他们对我的疼爱,不会去细细体会,更不会去换位思考,甚至不会去感恩。这 20 年来,我对于他们的爱,却一直都在隐藏着、隐藏着,甚至被上了锁。

不善表达、内向、羞涩,从小学到高中我一直都被这几个固定的词描述着,没有丝毫改变。这些都被我拿来当作不向爸妈表达爱的借口。我的心也像个小盒子，盒子里装满黑暗的夜。每到夜晚降临，躺在床上冥想，幻想挂在门后的黑衣外套是不是在黑暗森林里伸出手掌的恶魔，床下是不是有可以伸手拉住我的鬼魅，将我拖入无尽的地底深渊。黑暗的空气里好像漂浮着灰色的瓦砾，心就在这永无止境的黑暗里反复回旋、挣扎、坠落……那盒子里装着的，活像个暗夜里小精灵。然而，我自信自己也可以是明媚的太阳，可任其怎样反射拐弯总也照不到一个冰冻的角落。纷乱的心思不断纠结，像葡萄藤蔓末梢的小弯钩不断爬满墙壁，包绕着我的心腔。我纠结于自己的无能，恨自己不能帮爸妈分担忧愁，恨自己不能让他们过更舒适的日子。

有一天，我瞥见小木盒子的钥匙。悄悄地，我走到床边，像个小偷一样探头张望门外，然后蹲下身子，小心翼翼地打开锈迹斑斑的锁。红色的铁锈末脱落到地上，我更加仔细了，生怕不小心会折断那已起不到保险作用的锁环。我微微地张开嘴巴，不敢呼吸，生怕把我的行为暴露了。我一张一张地翻看着，证件、证件，还是证件……看到一张老照片，我停住了，眼睛浸满了泪水。妈妈用小包被抱着出生不久的我，眼神里流露出无限的温柔和爱意；爸爸在一旁笑着。照片的背面，是爸爸的字迹："丫丫，你是上天赐予我们的宝贝。"日期正好是我的生日。

"吱……"听到有开门声，我慌乱地收起盒子，抹了抹眼角的泪迅速地坐回到电脑前，故作镇静，心还在扑通扑通地跳着。是爸爸进来了。

空气里氤氲着甜蜜而紧张的情绪，像潘多拉的魔盒突然被打开，小精灵踮起脚尖在盒子上跳起舞来。爸爸随意看了两眼转身走开。我摊开因为紧张而蜷缩的手，抚着胸脯，庆幸自己的行为没有被发现，狡黠地笑着，心腔里卷起的小枝蔓也慢慢舒展开来……

（原载《青岛科技大学报》第615期）

因为是母亲的缘故

雷亚君

母亲生气了。

原因是我在饭桌上说她做的饭不好吃。我一边吃着一边挑骨头捡刺地数落母亲:"我假期回来也不能吃点丰盛的饭。你看看舅妈做的饭多好吃。"我在说的时候还和父亲对视一下。父母都很宠我,我看到父亲笑着附和我,但始终没有注意母亲脸上微妙的变化。

正当我越说越起劲的时候,母亲放下碗筷一脸不快地走了。我撇撇嘴看看父亲:"生气了吗?"父亲带着宠意瞪我:"你睡到12点,你妈大早上就起来又是做家务,又是给你张罗吃的,你说这么多,她肯定伤心。"

我看见母亲到卫生间里去了,就走过去趴在门边说:"妈,我和你开玩笑呢。"母亲手里摆弄着洗衣机,不抬头冷冷地说:"你啥时候开学,开学了就赶紧回学校去吧。"我被母亲这么一说,顿觉不快,扭头回到餐桌前。不吃就不吃,多大点儿事情。我端起碗继续吃饭,父亲用眼神示意我火气不要太大。我立马回道:"我跟我妈都不能开个玩笑吗?那我进入社会还敢和谁乱开玩笑?"看吧,儿女对父母的要求总是很苛刻,稍被得罪就有了一肚子怨言。我明白这是一条不公平的"规则",但是每次我都不由自主地"遵守"。

我心里和母亲赌着气,母亲也和我赌着气。气真是一种神奇的力量。

比如母亲，一生气就做家务。我在餐桌前用眼睛的余光看到她把沙发套和各个卧室的床单取下来，不一会儿洗衣机就轰鸣作响。这天母亲把家里里外外洗了个遍，而这些活是她计划之外的。

我们彼此不说话，不过这场仗我胜券在握，因为我知道她爱我。她有多爱我，我说不上，从小到大念过的教科书和听过的故事都告诉我，母亲是这个世界上最伟大的人。他们说母亲为了你可以做任何事，甚至放弃自己的生命。我从来不怀疑，我觉得别的母亲能做到的我的母亲也能做到，甚至比她们做得还要好。当然，我也爱她。至于我有多爱她，我也没有办法做一个确切的衡量。但是，我也知道我爱自己要胜过爱她，比如现在。

现在母亲一边做家务一边很认真地跟我赌气。而我坐在电脑前，很投入地看着电视剧，早就忘记了和她的气，我甚至都不需要和她赌气。当妈的嘛，生生气就好了，她那么爱我，还能不和我说话？天下儿女与父母吵架，最后贴上来主动交谈的还不都是父母？不是吵不过，他们的身份决定他们永远是输家。

母亲一个人的气持续到晚上，我们一天没有说话。我抱着玩偶像往常一样安心地睡了。

半夜两点多的时候，我起身到客厅去找水喝。打开卧室门，看到房间里漆黑一片，只有卫生间里的灯亮着，里面传来"飒飒飒"的声音。我眯着眼睛摇摇晃晃地上前推开卫生间的门，看到了母亲。母亲坐在一个小马扎上，双腿并着，上面支着我的一只鞋。她正用毛巾用力地擦着。原本松散地绑起来的，头发随着身体的一摇一晃一缕一缕地滑下来，垂到耳际，整个人看上去疲惫不堪。

我想，明天早上穿的鞋又像新的一样。我一直觉得母亲的手有魔力。小时候我拧不动毛巾，母亲一双手接过去轻轻一拧，毛巾里就一滴水也没了。我穿得又脏又破的鞋，经过母亲的手，变得像新的一样，还发着光。可是刚才我看到母亲擦鞋的样子，分明很吃力。

我回到床上，辗转反侧，最后流下泪来。看我多么残忍呀，她多傻呀，白天赌气干活不是干给我看的吗？我都睡着了，一个人在厕所还干什么呀？我这么自私的人哪里值得她给我无穷无尽的爱。

  我听到心里一个声音在说：因为她是母亲，她的爱注定无私，所以你就可以用她给你的爱肆意地伤害她；因为她是母亲，她的爱从来就不需要你用同等价值的什么东西去交换，所以她的行为从来不需要表演。这一切都是因为她是母亲。

  窗外月正明，时光悄无声息地走过。快醒醒吧，女孩，即使你用你以后生命里所有的时光也未必还得了这已经欠下的债。

（原载《青岛科技大学报》第693期）

室雅何须大　花香不在多

袁丽敏

在绿树掩映下的四方校区图书馆,有一种简单、古朴的美。

进入图书馆的正门,迎接你的便是葱葱绿绿的各种盆景树,使图书馆大厅在简单中透出庄重、雅静的氛围。小小的假山上,涓涓溪流叮咚、叮咚地流入小池,金红色的小鱼悠闲地在池中游动,抬眼望去,一幅"放眼观史诗,倾心拜墨皇"的墨联直入眼帘,使你有一种要读书的冲动,有一种让你安静下来的暗示。

顺着走廊上二楼,正对楼梯的是我的工作地——工科阅览室。工科阅览室面积不是很大,一共有20张桌子,每张桌子有4把椅子,共80个座位。其中4张桌子是建馆时就有的,它们老当益壮,一直默默奉献,不肯下岗。其余16张是原东部阅览室撤换下来的桌椅。北侧是分上下两层摆放的35个铁书架,藏书3万余册。

四个墙垛上间隔地挂着华罗庚、达尔文等名人的画像以及木质的用绿色黑体简化字书写的名人语录,这一切,也许你会觉得有些简单、陈旧。当你再看到每个墙垛中间的窗台上挨挨挤挤摆满了各式花草,呼吸着这里清新无比还带有淡淡清香的空气时,你就会有留下来读书的想法。简单的桌椅被擦得干干净净,整齐地摆放着,几十盆花草竞赛似的吐着新鲜的氧气。有一年四季常绿的驱蚊草、铁树、吊兰、滴水观音和每年一月就盛开的君子兰；有二三月就开花的石榴，鲜红鲜红的，象征红红火火的新年开始了。等到了四五月份，一个个小石榴就挂上了枝头，前年一盆石榴竟然结了7个果实，大的有乒乓球大，小的也有鸡蛋黄大。只要不摘，它们就一直挂在枝头到来年开春。进入三月，美丽的蝴蝶梅就打花蕾了，你不让我、我不让你地开了，每一朵花都像是一只只蝴蝶，花瓣叶片如同蝶的翅膀，中间是深红色略带些紫，越到边缘越浅变为粉色了，就像蝴蝶落在了上面。这个时候正是研究生考试发录取通知的时候，这美丽的飞舞的蝴蝶与一封封录取通知书一样，给那些寒窗苦读的学子们带来了说不尽的喜悦……还有秋海棠，花期也很长；还有一种叫不出名字的藤，沿着绳子直爬到了窗上。看到这些花草你不再觉得这里陈旧，而是充满了生机和活力。在这样的环境中学习是一种享受，会感觉到宁静中的愉悦和舒适。

　　侍弄这些花草的是工科阅览室的两位"奔六"和"奔五"的教师，以年近六旬的孙老师为主。孙老师经常用桶装上土，再在土中放很多骨头，说"这叫养土，只有土好，花才能长好"。我们屋的角落里放着许多瓶子，那里面是孙老师用来给花施肥的液体肥料。除了兴趣爱好，更重要的是我们知道，在条件有限的老校，改造房屋并不是一件易事，我们工作人员能做到的只有多养些花草来美化阅览环境，为读者营造好的学习、阅览条件。要使花草常年绿油油也不是件易事，需要持之以恒的耐心和辛勤的劳作。这满屋花香的背后是先有养土、积肥、浇水、杀虫之辛苦，后有花草繁茂之美丽，才有空气的清新，服务环境的改善。

　　在改善环境的同时，工科阅览室的教师更注重对读者的服务。我们每周日都与学生一道对室内的卫生做全面清扫，先是擦书架、擦玻璃、擦窗台、擦地,然后是整理书架。常年坚持每周一大扫、每天一小扫以保持环境卫生，还要经常倒架等以方便读者阅览、查资料，使读者在简朴的老校图书馆也有良好的阅览环境。

　　经常来本室的读者大都是学生，经过仔细观察大都能凭感觉判断出谁是来查资料的、谁是来上自习的、谁是考研学习的。是查资料的就上前轻声问一下，查哪方面的书，并告诉读者这方面的书所在的位置；考研的，就想办法尽量安排南侧靠后一点的位置就座。那里安静，冬天暖和，夏天靠窗通风好。因为考研的学生带书多，就坐的时间长，一般都看自己带的书。我还格外注意让考研的学生尽量集中坐，以便相互研究、讨论，相互鼓劲，也方便管理。考研的学生一般一来最少是一年，因常来就与他们结下了友谊，成了朋友。每逢打扫卫生、来书时，他们就会主动过来帮忙，有的学生遇到了什么事或烦恼也会与我讲，我能开导的尽量开导一下，排解他们心中的烦恼，把他们当作自己的孩子一样看待。每年的三四月份我都能听到他们被录取为某校研究生的喜讯，与他们一起分享这令人高兴的消息。今年老校有一寝室的6名学生都考上了研究生，其中有好几个是近两年经常坐在我室学习的学生。

经常来工科阅览室的教师也就几位，有一位不知道姓名的30多岁的女教师经常带着笔记本电脑，我就在离电源近的桌子上写了个"教师科研座"的牌，把座留给她，她不来时就给别的带电脑的读者用。她每次来，我都主动走过去，给已经坐在那里的学生再找个座位，使这位教师有电源插座可以用，以方便她的科研工作顺利进行。

还有几位常来的教师是年纪比较大的退休教师，偶尔来查一下资料，我就主动帮助他们把要用的书找来并安排好座位，因为老校阅览室座位一向紧张。没带水杯的，我就送一杯过去。我能为他们做的也只有这一点点了，算是尽到了一份心意。他们临走时大都会礼貌地冲着我摆手或微笑以表谢意。

阅览室的教师虽然年龄较大，但守时、真诚、热心，每天来校都很早。这两年修地铁、高架桥，车绕路又很难坐。为了不迟到，早些开门，以免学生在外面等，我时常是走3站路再坐几站车。当胜利桥修桥难坐车时，我就步行一个小时来上班，有时步行比坐车还快。

虽然我快50岁了，但是"位卑未敢忘忧馆"啊，还是盼望阅览室的座位能增加些，省得学生排队领票；有可能的话在书架中间安些临时折叠小凳，给那些没座的或在里面看书的学生提供方便。另外，也该换掉那些用早已废除的简化字写的条幅标语牌了。这种简化字已停用20几年，图书馆还在使用，就有些不合适了。

四方校区图书馆虽然陈设简单，但有厚重的文化底蕴，正所谓"室雅何须大,花香不在多"。青岛科技大学的"镇校之宝"都珍藏在各个阅览室里。阅览室的教师正尽自己最大的努力为读者提供优质服务，创造宜人的环境，给读者增加读书的愉悦，同时更不忘"师者为范"，以踏实工作、认真负责的实际行动，向学生传达"书藏应满三千卷，人品当居第一流"的精神。

（原载《青岛科技大学报》第648期）

年 戏

孙丽婉

小时候的我,是顶爱看戏的。我生在豫剧之乡河南,戏曲在当地的认知和受欢迎程度,远远超过了时下正红的凤凰传奇的《最炫民族风》。过年时,村里最大的事就是唱上几场戏,年年都是如此。

村里有个很古老的戏楼,说不清多少年了,爸爸说自打他记事时那戏楼便存在了。小时候和小伙伴最喜欢做的事就是趴在戏台沿子上,眼睛一眨不眨,生怕漏掉了演员的一个动作和一个表情。这么专注的结果是让我发现了演佘太君的老嬷嬷唱着唱着竟然忘了词,她转过身背对着观众唱。有一个人藏在幕布后面,那人说一句老嬷嬷便唱一句,中间的空歇被密密麻麻的鼓声掩盖着,所以只是听的话并不能察觉出异样。但是,这个秘密被我发现了,并作为重大发现在小孩子中广泛传播。于是,以后我们看得更仔细了,戏台的沿子被我们蹭得溜光溜光的。村里的小孩一代又一代,不知怎么的,蹭戏台沿子这个习惯竟流传了下来。

唱戏的都是自己村里的人。村里几乎人人都会吼上那么几嗓子,但是,真正登得上台的并不多。于是,这几个可以上台的人便成了村里的明星,走到哪儿,大人小孩都认识。我邻居家阿姨就是这为数不多的可以登台的人中的一个,并且还是主角。她最擅长的是演秦香莲。那时候,阿姨常对我说等下次再唱秦香莲这个戏时,就让我和她女儿演秦香莲的那两个孩子。

这个允诺着实让我高兴了很长时间。尽管我看过那个戏，那两个孩子一句台词都没有，只是被哭哭啼啼的秦香莲拽着，在那不大的台子上从这头走到那头，然后再从那头走到这头，并且还得陪着秦香莲在那黑脸包公面前跪上好长时间，但是，这样我也愿意。为了讨阿姨欢心，让阿姨兑现承诺，我的零食都是在她家的小商店买的。最后也不知是没再演这个戏还是其他什么原因，我的这个愿望始终没有实现。

小孩子留恋戏台还有一个原因，每年年戏时，十里八村的做生意的人都聚集到这里。戏台底下，有孩子们能想到的所有好吃的和好玩的。大人则不同，他们是规规矩矩地看戏，一人一个小凳子，随着戏中人物的命运表达着他们的喜怒哀乐。

慢慢大了，村里每年都还有年戏，而我却几乎不到戏台底下去了。好吃的、好玩的已经吸引不了我了。我还很不明白，家里电视上什么戏没有，何苦去露天地吹着冷风看呢？

不去看戏已有好几年。上大学出了省，除了学校的文艺演出之外，我没再看戏曲表演。每个班都有那么一两个唱戏唱得特别好的人，每场演出都会有戏曲节目。现在每次演出结束，我都会觉得少了点什么。中国现当代文学作品鉴赏课，老师在讲赵树理的《小二黑结婚》，我脑子中首先映出来的是这部作品被改编成的戏。戏中小芹那一段唱词"清凌凌的水蓝莹莹的天"，小时候我们是人人都会唱的。一次坐火车，对面那位大哥告诉我他是去郑州参加《梨园春》（河南卫视的戏曲选秀节目）的，我激动地差点跳起来。

也是奇怪，离了家却对戏曲有了更多的感情，我也更盼望年戏了。这个寒假回家，我主动提出要跟妈妈去看戏，妈妈惊讶的表情让我觉得很不好意思。这次仿佛又回到了小时候，不过我没再趴在戏台沿子上。趴戏台的换了一批小孩，好多我都不认识。我们一家人拿着小凳子，找了一处视角不错的地方坐下。我坐在中间，左边是爸爸，右边是妈妈。我抱着一堆零食，喂爸爸一口，喂妈妈一口，一如小时候的幸福。

台子上唱戏的人也换了，我也不认识了，妈妈告诉我是村里专门请的豫剧团，更专业呢！戏散场后，我又走到了后台。小时候散戏后喜欢钻到后台是为了看演员卸妆，小孩子对浓墨重彩下演员的真实面目是非常好奇的。现在，我却是为了了解一些别的事。老师傅很愿意和我聊天，大概是他觉得像我这样的年轻人能对戏曲感兴趣实在是难得。我说起自己其实已经好多年不看戏了，老师傅问我有没有感觉到现在的戏和我小时候的戏有什么不同。我说前台有个屏幕可以滚动显示字幕。老师傅说："是啊，现在科技发展了。以前我们唱戏都是靠嗓子喊的，现在都配有麦克，观众听不清楚了咱们有字幕，灯光效果咱们也可以实现。"老师傅带我走到放置乐器的地方，我吃惊地发现，电子琴、手风琴等现代的乐器也赫然在列。老师傅叹了口气说："唱法、剧本、设备等我们都在改进，但是观众比起我年轻那时候还是少了很多，剧团里基本都是中老年人，新进的年轻人是越来越少了。孩子，戏曲是国粹，可是咱豫剧前景堪忧啊！"

我不能回答，我也没法回答，难道要我用书本上学的那些"戏曲是小农社会的产物，但是因为其节奏慢等而无法适应快节奏的现代社会"的理论来宽慰老师傅吗？难道要我把原因归咎于时代的发展吗？

回到家，爸爸问我去后台干什么了，我说："大过年的，咱给剧团的人煮点饺子送过去吧，他们出来演出，都没来得及在家里吃顿饺子。"

临开学时表妹到我家玩，我才知道表妹中学毕业后去了一所戏曲学校，学的是标准的豫剧，已经学了半年了。表妹说毕业了就进剧团，有机会年戏时一定要回来为家乡人唱上一出儿。我听完后，脱口而出："可以让我演一个不用开口的小丫鬟吗？"话一出口家人都乐了……

（原载《青岛科技大学报》第658期）

记忆中的那片绿

纪信燕

记忆中那片盎然的绿意,总是被回忆与想念的思潮氤氲在梦里。那片我曾经生长的土地,储存了我长久以来向往的绿色生活。

村里总有大片的绿色田野,田垄上坐着歇息的庄稼汉,田地里有埋头干活的男人。一阵风吹过,翻滚的绿色淹没了干活的人。谁家的庄稼长得好,谁家的收成好,谁家用了多少肥料,谁家浇灌了几遍水,这些都是日暮黄昏时坐在田头闲聊的话题。看着余晖洒遍无尽的绿地,男人抽一支烟,一年的收成便从烟圈一圈一圈地冒了出来。

村里家家户户都有自己的小菜园。纯天然的绿色食品便在女人精心的侍弄下端上了餐桌。松土、浇灌、播种、施肥、除草、捉虫……这一切都做得有序而娴熟。在哗哗的流水声中,扯东家长西家短,一片和谐的绿弥散在欢声笑语中。

走在田野的小路上,路的两旁都是高大粗壮的白杨树。有风吹过时,树叶"哗哗"作响,好像放学路上孩子的笑声似的。树叶又大又密,将小路都遮盖在一片绿荫下,显得格外凉爽。放学的孩子谈论着谁的作业做得快、谁的玩具最新式、谁最会上树、谁最能摸鱼。村里,爷爷奶奶们躺在青藤做的躺椅上,晒晒太阳,听听树叶细细摩擦的声音。

记忆中的那片绿,还有那些享受绿色生活的人们,总是让我魂牵梦绕。

我多想在城市中找回久违的绿色，可是这座城市的春天来得格外晚。我一直期待着，时不时地抬头看看对面的山，可是它一直用一身的灰色来回应我。我时不时地瞅瞅路旁的树，可它总是从头到尾的光秃。

我是学俄语的，专业课上老师告诉我们，在俄罗斯是很难见到鲜花和绿色的。由于俄罗斯天气严寒，夏天时间比较短，所以人们见到的绿色植物比较少，俄罗斯人尤其喜爱花和绿色，他们会在夏天把花保存好，到了冬天将花摆在客厅里。我觉得这是人的一种本性——喜爱绿色的东西。

生活在城市里，绿色离我们越来越远，越来越多的假花假草走进了人们的生活。很难想象有一天世界上的植物园、花园里种的都是假花假草，那是一种怎样的悲哀。是的，我们能制造花草，但是我们能重造自然吗？当你踏上人工草坪，你是为当今的科技发达而自豪，还是不得不皱着眉头去闻草坪上散发出的塑料味？

绿色不应该离我们远去。记忆中那片盎然的绿啊，一次次地出现在我的梦里，而梦醒时，我却不知去何处寻绿。

（原载《青岛科技大学报》第627期）

书香相伴

母亲的书 母亲的歌
——莫言小说《丰乳肥臀》品评

阎 瑜

第一次听说《丰乳肥臀》这本书，心里曾暗自叫苦：莫言也变"俗"了，竟然也用这种手法吸引读者了，于是为我国文学的纯洁而担心。后来，在人们神神秘秘、议论纷纷的时候听到了一种解释，说这"丰乳肥臀"是指母亲，是指大地，我还是不以为然，以为这不过是冠冕堂皇的借口罢了。但是，读过此书，一位朴实而伟大、平凡而神圣的母亲形象便如石雕般地站在我的面前。

母亲当然是全书的主要人物。在作者笔下，她只是个母亲，纯粹的母亲。这种纯粹的母亲形象使她平凡甚至渺小，却又因作者赋予了她广泛的共性而升华，让人感到十分的亲切。在高密，在山东，在中国，这样的母亲到处都是。因此，她实际上就成了那个时代中国母亲的真实写照。她卑微，她高大，她下贱，她崇高，她愚昧，她先进，她做人的准则只是她的母性，她严格遵守着这个社会赋予她的位置和地位。

在母亲生活的那个年代，她生存的意义似乎只有"生"和"养"，就是传宗接代。书的一开始，作者就为我们展现了这样一个"生"的场面：在马洛亚牧师的祝福和期盼中，在村长司马亭"日本鬼子就要来了"的叫喊声中，在西厢房黑驴生骡子的忙乱中，母亲上官鲁氏正赤裸着下身，流着血躺在婆婆为她准备的浮土和麦秸上，艰难地生产着她的第七胎……黑驴难产，公公、婆婆、丈夫在黑驴身边忙乱着——因为它是头胎；母亲也难产，一个人正在痛苦和希望中挣扎着——因为她"轻车熟路"。

　　黑驴终于生下了骡子，在日本鬼子疯狂的掠夺中，在全家人的期盼、等待和忙碌中；母亲终于生下了期待已久的宝贝儿子，还有一个多余的女儿，在日本鬼子的杀戮和"帮助"下，在希冀与遗憾中，在痛苦与努力中。

　　生，是荣耀的，母亲有肥美的土地，不管是谁的种，都能生，生下的就是自己的儿女；生，是痛苦的，生不出孩子是痛苦的，生不出儿子是痛苦的，难产则是更大的痛苦。中国文化赋予女人最简单而又实际的哲学，那就是传宗接代。母亲并不伟大，没有任何怨言，天经地义地遵守着这一哲学；母亲又很伟大，这种任劳任怨、无怨无悔就是她的大哲学，这个哲学使她包涵，使她有无穷的韧性和耐力，使她高大得无以复加。

　　一个能传宗接代的儿子在这光荣和痛苦的时候，在这战乱的艰难的时候诞生了，丈夫和公公在这期待和苦难的一刻被屠杀了，婆婆在这高兴和悲伤的一刻发疯了。从此，母亲开始了她养育八个儿女和儿女的儿女的漫漫生涯。在这兵荒马乱、天灾人祸的年月里，她像个赶着一群羊的牧羊人，像个跟着一群狗仔的母狗。

　　她只是用一种本能，一种母性的本能拉扯着她的孩子们，但她的能力仅仅只能让他们活下来，甚至活下来也是那么的不易。她卖过孩子，但只不过是想给孩子寻找一条出路；她打死了婆婆，也不过是想帮助她摆脱人生的苦难；她偷着吞食人家的粮食，但只是为了再吐出来给孩子们吃……这好像显得麻木、愚昧、不人道甚至有些残忍，但这就是母亲，这就是伟大，一种不光彩的伟大。我不知道还有哪一种伟大能赶上这种母亲的伟大！在这艰难的战乱年月里，一个女人养活八个嗷嗷待哺的孩子，这需要多大的韧劲和耐力。是什么给了她这种毅力，看上去是那样的难以回答，又是那样的简单——这就是母性，一种母性的本能。这种母性的本能使她像甘泉，永不衰竭；使她像大地，包容无限。

和她的女婿们,那些曾风云一时的人物——国民党人司马库、共产党员鲁立人、土匪头子沙月亮、美国人巴比特、传奇英雄鸟儿韩,甚至哑巴孙无言相比,母亲是微不足道的。在那兵荒马乱的年代里,这些人都能风光一时、各领风骚,而母亲则是最弱的弱者,就像非洲草原上动物链上最末的一环,她谁都得顺着。但在历史面前,他们都不过是过眼云烟,和博大永恒的母亲相比,又算得了什么呢?鸟儿韩千里迢迢、不辞万苦都要回到母亲的身边,上官金童至死也离不开母亲的乳房,司马库宁可被杀头也不愿意牵连母亲,美国人巴比特被母亲的行为感动得"大量的透明泪水从他的蓝眼睛里涌出来"。他们都要在母亲这里寻求庇护,从母亲的土地上获得力量。

母亲又是幸运的,每当她处于绝境之中,总有"神"来搭救她,救她于危难。蛟龙河的虾和"大肉棍子"似的鳗鲡、沙月亮的裘皮、鸟儿韩的鸟、司马库的奶羊、鲁立人的关照⋯⋯这似乎是土地对耕耘者的报答、信徒对圣母的致敬。但是,在母亲的眼里,荣也罢,辱也罢,顺也罢,背也罢,都是自己的女儿女婿,从不看轻谁、偏爱谁;相反,谁越是背运,谁越是需要帮助,她就会给予尽可能的帮助。这就是母亲,由母爱而生出的浅显而博大的人生哲学,这种哲学使她具有永恒性和超越性。

从情节结构上讲,母亲又是一个线索人物。作品以她为中心,描写了从抗日战争、解放战争、20世纪60年代的大饥荒一直到改革开放的大半个世纪的历史中各种政治力量的矛盾斗争。这种斗争有时候是残酷的、你死我活的、纷纭复杂的,但是,作者以母亲为中心,以上官家四代人的命运为重点来贯穿组织,既显得条理清晰,同时又突出了母亲。在《丰乳肥臀》这本书的整个阅读过程中,我们会感到母亲成了各种力量的核心。她从各个层面上影响着事件的发展,她好像就是一个连接点、一个各种力量的联合司令部,各种力量在这里分合、冲突又受其影响。由于母亲的作用,小说中残酷的政治斗争就带上了复杂的人情味。此外,这种交缠复杂的感情又赋予母亲以象征意义,她成了皇天后土。

从写作方法上看,作者好像是在不经意中完成了对母亲形象的塑造的。

在对生活事件的娓娓叙述中使母亲的形象趋于丰满和高大,这就给了小说以浓厚的生活气息和亲切感,读者阅读起来,就好像是在读自己的家史一样的亲切。在取材上,作者选择的并不是那些表面上完美高大的事件和细节来表现人物,而是挑选那些生活中极为普遍的、最为真实的甚至是丑陋的细节、事件、情节来表现人物,这就给小说带来了一种作者刻意追求的"土"气、率直的气息。在整个小说中,关于母亲的集中而有特征的情节描写,给人以深刻记忆的有"母亲生产""打死婆婆""吞食豆子吐出来给儿子吃""卖女""给司马库、巴比特送行"等。冷静地分析,这些情节似乎和母亲的伟大关联并不大,但又确确实实地给人以更大的艺术感染力,原因就是这种"土"气和率直给人以更大的真实感。就是这种真实感使人感动,就是这种艺术的真实使母亲更加亲切,她便有了一种共性,读者便有了普遍的认同感,母亲的形象便高大起来。如果作者去掉母亲身上的某些个性,比如略带自私、有些动物性的母性,去追求某种理念的高大的话,那才是失败。恩格斯倡导要"莎士比亚化"而不要"席勒化"。我们要的是接近现实生活中的人的典型,而不要某种理念的典型。翻开莫言的另外一部重要作品《红高粱》,也可以看到类似的写法。在那本书里,作者通过"我爷爷、奶奶"的轰轰烈烈的活法——"想做什么就做什么,想怎么做就怎么做"的描写和现代人的小心翼翼、战战兢兢的活法相对比,来揭示一种另外的活法。

总之,母亲的形象之所以高大,是因为她是一个纯粹的母亲,以母性的原则来对待生活,好像是渺小,实则是伟大。这就是无欲则刚,有容乃大。

(原载《青岛科技大学报》第644期)

警惕世袭资本主义的回归

——评皮凯蒂的《二十一世纪资本论》

李小华

法国左翼经济学家托马斯·皮凯蒂(Thomas Piketty)的新书《二十一世纪资本论》主要讨论了收入和财富分配不平等的历史与未来。该书哈佛大学出版社的英文版今年 3 月问世,一时间位居亚马逊畅销书(包括小说在内)的榜首,皮凯蒂也一夜成名。美国《纽约》杂志誉之为"摇滚明星式经济学家",英国《经济学人》冠之以"当代的马克思"。诺贝尔经济学奖得主、美国《纽约时报》专栏作家保罗·克鲁格曼评论,这本书"将成为本年度乃至未来 10 年内最为重要的经济学著作"。

《二十一世纪资本论》全书共分四部分。第一部分介绍了收入、资本的基本概念,回顾了工业革命以来主要阶段收入和产出的增长。第二部分考察了国家层面的资本/收入比率的变化以及 20 世纪国民收入中资本和劳动的分裂,尤其深入地分析了 1941～1945 年间战争在其中的巨大影响。21 世纪,欧洲乃至全球刚刚从战争中缓过劲来,就被裹挟进世袭资本主义,几乎是 19 世纪经济增长的翻版。第三部分讨论了工人(如普通工人、技师、庄园管家等)之间和资本家(大中小股东、地主等)之间收入不平等的问题。前三部分主要是对 18 世纪以来英、法等国财富分配变化和不平等结构的分析，第四部分则描述了全球财富不平等的情况，说明20世纪的战争改变了以往不平等的结构。而今天，在21世纪的第二个10年中，财富的各种不平等卷土重来，而且程度空前。新的全球经济既带来了莫大的希望（如消除贫困），也带来了很大的不平等。

简而言之，《二十一世纪资本论》在学术上有以下四大贡献——

首先，该书把我们带回到了政治经济学奠基人的那种深度和广度。在皮凯蒂本人看来，"作为社会科学的一个分支"，经济学是"同历史学、社会学、人类学和政治学并称的一门科学"。由此，这部作品既有着广阔的历史视角，又有着详尽的基于事实的研究，其间还不时可见对文学作品中数据等的引用。该书意在回归经济学历史上由马克思和亚当·斯密等前辈开创的政治经济学。就书名而言，《二十一世纪资本论》呼应了马克思的《资本论》，暗示着皮凯蒂对市场的那种大不敬和天生反感的态度。因此，《华尔街日报》发表评论怒言：该书"对金融资本赚取回报的概念抱有中世纪的敌意"。从内容上来看，作者试图从广泛的视角去理解西方社会和作为其基础而存在的经济规律，并向知识界发起直接的挑战，把自己的分析与当代大多数有关不平等的讨论划清了界限，以表明他是在回归一个更为古老的传统。

其次，在收入和财富的历史数据收集方面，作者进行了前无古人的认真尝试。作为追随数据的实用主义者，作者率先用货真价实的税收数据衡量贫富不平等。他把自1770年以来的3个世纪里有关收入与财富（皮凯蒂称之为资本）在主要高收入国家中的演化过程，转化成了一段引人入胜的历史，并从经济、社会和政治等多个角度对其进行了解读。作者一丝不苟地提供了过去300年来收入和财富变化的数据，所采用的19世纪的数据来自英法文学作品，包括英国作家简·奥斯汀的《理智与情感》和法国作家奥诺雷·德·巴尔扎克的《高老头》，以及20、21世纪欧洲和美国的相关数据。通过对这些数据的分析，他认为在1914年至20世纪70年代这段十分特殊的时期内，贫富不均明显缓和，财富积累（与年均国家收入相关）大幅减少。自20世纪70年代起，财富积累和收入的差距又逐渐回到了20

世纪前的水平。皮凯蒂以详尽的统计数据表明：美国经济学家西蒙·库兹涅兹在20世纪50年代提出来的"经济体会随着其成熟度的提高而变得越来越平等"的观点是错误的。这一惊人的结论改变了人们对财富发展历史的理解。这本按照经验主义原则写就的巨著融合了宏大的历史视角和精心的数据分析，其有力的经济学模型把对经济增长的分析同收入和财富分配的分析有机地结合起来，把历史和现实的纳税数据与其他来源的数据紧密地结合起来。这不仅会改变我们思考社会的方式，同时还会改变我们进行经济学研究的方法。

第三，在解释收入和财富分配不平等时，作者使用了简单的经济学模型探讨了资本积累的理论，即"资本主义的核心矛盾"：$r > g$。这里，r代表年均资本回报率（the annual rate of return on capital），g代表经济增长率（the rate of economic growth）。由此经济学模型可知，如果g变小，r也会变小；其具体表现是，自1970年以来，经济增长率持续下降，造成这种结果的原因是处于工作年龄的人口减少和技术进步的放慢，而此可能会让这种下降延续下去。但是，皮凯蒂肯定地指出，r变小的速度慢于g变小的速度。虽说他的这一观点不一定正确，但是，在以机器较易取代人力的前提条件下，即在资本和劳动力之间的"替代弹性"大于1时，经济增长肯定会放缓。而作为增长放缓的结果，资本与收入之比拉大，实际上就等于r与g之比拉大。他指出：只要资本的收益率明显高于经济增长率，收入与资本之比的增长就会没有界限。皮凯蒂这一关于长时期内全球r和g关系的预测告诉我们，平等时代已经过去，再现19世纪晚期被世袭财富所主导的世袭资本主义的条件已经成熟。我们正生活在由1%的富人所主宰的第二个"镀金时代"，或如作者所说的欧洲的"美好年代"。

第四，为抑制资本主义固有的属性——财富日益集中的问题，皮凯蒂认为征收全球资本累进税是最理想的解决方案。他提出了对顶层收入征收远高于现在的边际税，和在全球范围内对财富征税的政策建议。至于在全球范围内对财富征税，他的理由是最富有之人所申报的收入远远少于他们真正的经济收入（指的是他们可以用于消费却不会减少他们财富的那部分收入)。富人甚至还有可能将自己置于任何财政管辖之外,因而他们正在享受着法国大革命前夕的贵族曾经享受的财政地位。作者认为,财富的逐步集中不仅无可避免,而且至关重要。如今,美国不平等愈加尖锐,政治进程也被顶层富人牢牢控制,这同第一次世界大战之前的欧洲非常相似,必须改革以抑制不平等的势力。在这方面,他可以说是当代的托克维尔,因为他已经使美国人意识到美国梦正日益成为一种神话。在全球范围内对个人的财富净值征收累进税的做法是,资产少者可少交,拥有数十亿资产的人就多交。每年的征税标准,在开始时是其价值的0.1%,最高可达到10%。另外,他还建议对收入超过50万美元(包括50万美元)的收入实施80%的惩罚性税率。这样,全球的财富王朝将被置于公众监督之下。

尽管这部经济学巨著在学术上贡献巨大,但也存在着明显的不足。

第一,最重要的是,皮凯蒂没有涉及"为什么说日益严重的不平等那么重要"这个问题,只是简单地假设这个问题的重要性。实际上,与马克思不同的是,皮凯蒂对资本主义持温和态度,并不赞成"革命"。他在接受《纽约时报》专访时说,他对资本主义无冤无仇,他认为不平等并非坏事,它能激发个人创新并给个人带来财富,只要符合公共利益就行。所以,他在该书序言一开始最显眼的位置引用了《人权宣言》的第一条:"权利的社会差别只能基于公共利用。"

第二,作为全书的主要主张之一,该书在结尾部分提出的政策建议——全球累进税,希望彻底重新分配资本主义的成果,以确保这一制度的持续生存。皮凯蒂自己也认为,全球财富税是"有用的空想"(useful Utopia)。这一点虽然大胆但明显"不切实际",在政治上是不可行的。哈佛大学经济学家格雷格·曼昆等人指出,他的建议更多的是由意识形态而不是由经济学推动的,尽管他对经济学有着难以置信的直觉。从本质来说,这是一本具有政治意义的书。皮凯蒂把注意力放在榨取富人的行为上已经失去了学术价值,更多的是一种社会主义者的意识形态。

同19世纪马克思的《资本论》一样,《二十一世纪资本论》从学术方面来讲堪称杰作,其伟大之处就在于告诉世人:我们不仅已经踏上了收入水平回归19世纪的道路,而且还正在向"世袭资本主义"回归,经济的制高点将被家族王朝所主宰。

  在财富和收入集中在少数人手中再度成为政治的中心议题时,皮凯蒂不仅以无人可比的历史深度提供了对研究来说价值无以比拟的文献,而且还给不平等研究领域提供了一个统一的理论——一个将经济增长、资本和劳动力之间的收入分配,以及个人之间的财富和收入分配融合进一个统一框架的理论。该书也可为发展中国家(包括中国在内)21世纪的政治、经济、社会等领域的改革提供新的视角和有益的经验。

(原载《青岛科技大学报》第703期)

由数理学院读书班想到的

唐亚明

开春以来,数理学院党总支率先在学校倡导了读书活动,提出"读好书、增内涵、立师德、强育人"的主题思想,准备了书籍和读书目录,营造了良好的读书气氛。党总支还请了牟宗荣教授作了关于读书的报告。牟宗荣教授纵横国内国外,贯穿过去现代,让我看到一个专业理论工作者是如何选书、看书、用书的,很受启发,清楚地认识到读书的意义与影响。

读书可以明志、启思、修心。静下心来我在想:基层的教职员工,基层的党员同志,如何来读书,如何养成一个自觉的读书习惯?这是最要紧的事。我们可以有活动,可以有声势,但无疑都是为了引起重视,好习惯还是要靠自己养成,通过读书学会思考。我想谈谈从"书"中知道的几件事,我们可以从中想到些什么。

第一件事,"二战"时期,英国伦敦遇到德军的空袭,很多房子被炸塌了,有一处图书馆也已倾颓,地面满是尘土和砖石。然而,令人震撼的一幕出现了:几位穿着整齐的英国人竟然不顾敌机刚刚离去,钻进已成废墟的图书馆,挑选出自己喜爱的书,然后全神贯注地看了起来。英国人酷爱读书,就像英国著名戏剧家莎士比亚说的:"书籍是全世界的营养品。"在英国人的家里,书是必备的。他们读书没有功利色彩,而是一种发自内心的自觉和习惯。

第二件事，去过俄罗斯的人都会注意到，无论是在候机大厅、车站、码头，还是在公园、地铁，处处可以看到捧书而读的人，这是俄罗斯一道独特的风景。高尔基说："我扑在书上，就像一个饥汉扑在面包上。"或许在俄罗斯人看来，书籍和面包同等重要，是生活中不可缺少的一部分。

回过头来看看我们现在的读书现象。一个很大的误区就是功利心太重，有些人总是抱着实用主义的观点来看待读书的问题。就好比你写诗、写文章，有人会问你："这有什么用？"你如果告诉他："只是喜欢而已，没有什么用。"那人听了就会摇头，用一种异样的眼光看你，或许还会说："有闲时间干啥不好。"如果你对他说："写东西能赚稿费，还能出名呢！"那人就会对你另眼相看，赞许地说："有头脑啊，这年头琢磨挣点儿钱才是正事儿。"读书的情形亦是如此。现在你我读书往往来自外界的诱惑，如"颜如玉""黄金屋"等，倘若得不到，则会高呼上当。因此，许多人读书是一种被动的行为。

第三件事，是我个人读一本书的经历。第一次读俄国作家奥斯特洛夫斯基写的《钢铁是怎样炼成的》，是在"文化大革命"初期。那时我也顽皮，喜欢捡东西，没烧毁和撕掉的连环画就是最好的东西。我捡了好几本白话书，大人们都说是"黄书""黑书"，不让看，统统扔掉，其中就有《钢铁是怎样炼成的》。由于逆反心理和好奇心的作用，我们几个小孩把这本书私底下偷偷地看了，也没感觉有"黄"和"黑"的味道。

书中写了一个乌克兰工人家的孩子是怎样成为一个革命工作者的，我没看出反党、反社会主义的地方，倒是觉得后来这么苦，保尔·柯察金还能坚持，佩服他是个英雄、是个硬骨头。第二次看这本书，是我家小孩学校里要求看这本书，买回来之后我又翻了一遍，印象更深的是保尔·柯察金在不同时期的追忆和回想，往往还会联想到自己经历的社会变化和人生过程。第三次是在中俄合拍的电视连续剧《钢铁是怎样炼成的》放映的时候，我又翻开了这本书。可能由于年龄和经历原因，我对小时候背过的书中的一句话体会更深了："人最宝贵的是生命。生命每个人只有一次。人的一生应当这样度过：当回忆往事的时候，他不会因为虚度年华而悔恨，也不会因为碌碌无为而羞愧。"我更加清楚了,保尔这样一个普通的战士,竟有比钢铁还要坚强的意志。是什么力量在鼓舞着他呢?那就是伟大的共产主义事业在召唤着他创造奇迹。我坚信保尔的那种为人类进步和解放而无私奉献的精神;那种把崇高理想和具体行动结合起来,脚踏实地埋头苦干的精神;那种不畏艰难险阻、百折不挠、勇于进取、艰苦创业的精神;那种生命不息、奋斗不止的精神;那种钢铁般的坚强意志。这些正是当下我们所需要的。

同一本书对于不同心境的人来说,看到的和想到的也是不同的,因此感悟的精神和思想更是因人而异,也许这就是书籍的魅力所在。书就像一面镜子,不同心境的你站在镜子前,镜子里就有不同的你。

那么,我们应该怎样读书呢?就心态和动机而言,我们应该走出读书的误区,培养一种平和、超脱的气度,少一些急功近利,将读书视为我们生命中的一部分,让读书成为我们日常生活中的一种习惯。

倘若我们每一个人、每一名党员都在自觉读书,那么"读好书、增内涵、立师德、强育人"的读书活动就可以蔚然成风,就不会流于形式;在我们的日常的工作、生活和学习中,大家就会静下心来,更多地去思考。书中所蕴含的人生哲理和普遍的政治意义,比大会小会的报告更能深入人心。如果一个基层集体和一个基层党支部的每个成员,都养成了自觉读书学习的习惯,那么真正意义上的学习型党支部就建立起来了,也就像习近平总书记提出的那样,领导干部要爱读书、读好书、善读书,这样就能接上地气、接上正气。

(原载《青岛科技大学报》第696期)

平静的巨流河

李钟超

巨流河，是东北辽河的旧称，有辽宁的"母亲河"之称。从巨流河畔走来的齐邦媛先生用其一生记录并诠释了一条河，一条心中流淌的巨流河。

"我在那场战争中长大成人，心灵上刻满弹痕。六十年来，何曾为自己生身的故乡和为她奋战的人写过一篇血泪记录？"这是一部人生回忆的书。"渡不过的巨流河"，是这本书回顾忧患重重的东北和中国历史最重要的意象。多少壮怀激烈付诸流水，它的可贵之处在于能让我们从个人自传的角度去思考那段风云变幻的中国近代历史，而这一切又归功于两条线索——齐世英和张大飞。父亲齐世英有近代知识青年风骨，然而一生过来，不过是蒋政权的棋子罢了，并未实现心中抱负，最终在台湾被排挤在外，郁郁寡欢终老。以身殉国的张大飞，那段通过"来自云端的信"维系的感情，与国恨家仇相联结，既拿不起也未早日放下，看到那封遗信，催人感伤，用张大飞的视角描绘了这改变中国和人类历史的战争！

这是一部奋斗的书。齐先生颠沛流离的一生，从求学、读书，到读书、教书，一路伴着艰辛，从未停止。短暂的一段清苦但安宁的童年因"七七事变"而结束，随之而来的是辗转大半个中国的逃亡，但她不曾被击倒，更不忘感受祖国大好河山。在偌大的中国安放不下一张平静的书桌的环境里，依然能够静下心来用功读书："在那个苦难的时代，受异族欺凌而在战火的延烧中逃命，竟有机缘看到中国的山川壮丽"，并沉浸在济慈、雪莱之中。"颠沛流离有说不尽的苦难，但是不论什么时候，户内户外，能容下数十人之处，就是老师上课的地方。学校永远带着足够的各科教科书、仪器和基本设备随行。"这是令我感动的地方，这是一个知识分子必备的勇气。那个年代教师的精神，是源于他们所代表的中国知识分子的希望和信心。他们真正地相信"唯楚有士，虽三户兮，秦以亡"。齐先生在这样的教育下，奠定了一生积极向上的性格，迈进了文学的殿堂。后来，由于深厚的国学与英美文学的双重历练，齐先生走上讲台，把余生都奉献给了教育事业，仿佛一枚星火，在百废待兴的中国台湾重新点燃了文学和美学的希望，为华人文学在世界上的发声、发展作出了巨大的贡献。

这是一部耐看而又充满力量的书。齐先生出身名门，家世源远，因缘际会，身历多为常人所未经，读之多有快感。以其成长为例，在那个大师辈出的年代，其一生中每个阶段仿佛都会有一位大师予以指点迷津，如张伯苓、朱光潜、钱穆，每一段都可以让人回味许久。即便是书中着淡墨记录的与抗日英雄张大飞的爱恋，亦是那般纯洁和灿烂，没有那么多荡气回肠，只有一份单纯的守护和祝福。在物欲横流的今天，在我们青年男女众生中，这是多么稀有和珍贵啊。通过齐先生的笔触所及，我们又处处感觉到力量所在：一个弱女子一生奋斗的力量，一个苦难民族顽强抗战的力量，青年读书报国奋战沙场的力量，"中国不亡，有我"的力量，张伯苓校长"满腔热血，誓为教育新中国的子弟献身"的力量，还有朱光潜先生课堂上那"语带哽咽"的力量，等等。

我被这本书震撼。不仅是由于齐先生通过自己的方式讲述着家、国的历史，描绘着亲眼看见的大地疮痍，还由于敬佩她在几十年的流离后愈发地坚强，以及对自由、美好和信念的追求。这是大多数人不可能达到的，尤其是经历过这么多的苦难之后。所以，我深深敬佩齐先生，即使她的政治态度确实让我觉得过于狭隘，但那也是她的世界所决定的。齐先生曾言

"自问这一生做事，无不力尽所能"，一句如此简单而自然的话让人感觉是多么不易。是的，当一个人到了可以回望自己的一生时，假若确能做到"无不力尽所能"，那该是一件多么欣慰的事。而我，作为一名辅导员，为每一个学生，倘若真能做到"无不力尽所能"，那该是一件多么欣慰的事。这是我的奋斗目标。

在"一切归于永恒的平静"之时，合上书卷，为齐先生一生的经历而慨叹，更对其一生处事为人的态度充满仰慕。她用平静的笔抒写了一个时代的历程，平静下也有波澜。巨流河依旧在平静地流淌，孕育那一方生灵，而《巨流河》又何尝不是在平静地浇灌每一位读者的心田？

（原载《青岛科技大学报》第702期）

诗意的生存道路

许勤超

这学期给学生上英国文学这门课，但学生问我最多的是翻译之类的问题。有学生认为学文学没有什么用，与将来的职业也没有什么关系。

听了学生的话我感到很诧异，好像英语专业的学生已经越来越功利化、越来越机器化了。在很多学生看来，英语基本功与文学的关系不大，似乎只有背八级词汇或者做各种级别的考题才是他们的当务之急。于是课前总看到一些学生手捧考题像膜拜圣书一样，而旁边的文学课本却被冷落。一些学生还质疑阅读中古时代的什么诗歌、戏剧与当下就业根本就不沾边，何必花时间阅读那些不实用的诗歌呢？

学文学和英语基本功关系不大，这是一种错误的看法。可以说，文学对提高学生英语基本功的作用是其他课程无法比拟的。这里没有必要谈这个问题，我想谈谈文学究竟是什么。在当下社会，我们的学生受功利主义思想影响太深，对于真正的人生，他们思考得还不够，对于文学的本质，他们更没有认真地思考过。

文学作为一门人文学科，它强调的是价值内涵，而不是强调它能做什么。文学是满足人们的精神需要的，而不是说将来它能给你带来多少个面包，它能帮你谋到什么职位。

一些学生对文学的看法之所以出现偏颇，除了就业压力和功利主义思想影响外,其实主要是我们的教育出现了问题。我们没有告诉学生,什么样的人生是有意义的人生,我们存在的意义究竟是什么。

记得初中离家读书时,每到周六就特别想回家,可学校有严格的纪律,两周才允许回家一次。因为老师要用周末进行题海战术训练,为的是学生能考上中专或一流的高中。可对于初中的学生来说,这无疑是痛苦的折磨。为了减轻大家周末的痛苦,语文老师就让我们高声朗诵:"我徂东山,慆慆不归。我来自东,零雨其濛。我东曰归,我心西悲。"诵罢这首归乡诗,大家也就不那么想家了。

这种经历,现在想想,其实文学与我们的存在息息相关。它可以慰藉我们焦躁的心灵,它可以引导我们回到精神的家园,它可以使我们回到安静的状态,这也是我对文学的最初感知。我们主张培养实用型的人才,这是时代所需,一个学生毕业后的实际工作能力很重要,对学生进行英语技能培训也是正确的,可我们也要培养出有精神的实用型人才。怎样才能培养出有精神的实用型人才呢?文学课就肩负着这样的使命。

文学是满足人们的精神需要的,我们从阅读文学作品的过程中可以感知到这一点。但从更本质的方面来看,人类之所以不同于其他动物,就在于人类把物质需要和精神需要最大限度地统一起来,并使之成为人类内在和本质的需要。人类的生存正是以满足这种更内在、更本质的需要展开的。

从这一意义上说,文学不是别的,文学正是人类的一种生存方式。人们不能没有文学,人们需要文学,不然人们存在的根基就不牢固。哲学家海德格尔曾对欧洲人丧失精神的现实忧心忡忡。他曾说:"这个欧罗巴,还蒙在鼓里,全然不知它总是处在千钧一发、岌岌可危的境地。"海德格尔旨在说明,人们不能没有精神,不能没有灵魂。在天空和大地之间,文学使人的精神发达起来,文学进而成为人们生存的一部分。

对于英语专业的学生,他们学文学,如果只认为就是多记几个单词、了解一些写作的技巧,这是十分肤浅的认识,从中得到精神的升华才是学习文学的真正目的。清代袁枚就说:"所谓诗人者,非必能吟诗也。果能胸境超脱,相对温雅,虽一字不识,真诗人矣。如其胸境龌龊,相对尘俗,虽终日咬文嚼字，乃非诗人矣。"不难理解，这里袁枚所说的真正的人，是诗意存在的人，换句话说，是指那些真正理解文学、追求精神存在的人。所以，海德格尔在谈到文学时就说："诗不只是此在的一种附带装饰，不只是一种短时的热情甚或一种激情和消遣。诗是历史的孕育基础。"在海德格尔看来，文学不是装饰品，更不是一种消遣，而是人存在的基础。海德格尔说出了诗和人之间的根本联系，他曾提倡人要诗意地栖居在大地上，也就是说，人除了物质地存在外，更要精神地存在。只有这样，人才能处于一种自由状态，进而进入到无限的生命空间。

文学不是可有可无的，文学时刻伴随着我们，文学在大地与天空之间创造了崭新的诗意世界，创造了诗意生存的生命。我们每个人一刻也没有离开文学。我们曾经听过母亲的摇篮曲，听过家乡的歌谣，也听过最古老的传说。我们今天仍然每时每刻地感受着文学，也许生活中某种诗意的惊鸿一瞥，会唤起你对生活的热爱；也许哪一句诗，会扬起你心中理想的风帆；也许哪一个带血的字，会激起你爱憎的情感；也许哪一句中跳动的音符，会让你沉浸在优美的生存空间。这就是文学，它一刻也没有离开我们。

随着技术时代的到来，功利主义越来越影响着人们对存在意义的认识。这自然也影响到了大学校园，让学生重新思考文学的意义也就显得十分必要。只有了解这一点，他们才不会说文学不实用，文学离他们太遥远，生存的意义在于找个好工作而不是去阅读什么文学作品。我们也不能否认，由于受大众文化、消费文化的影响，文学精品也变得越来越少，我们不得不从经典中重温我们的精神家园。现在充斥市场的很多文学作品，缺乏真正的人文精神，一些作家只为满足市场而作，而文学的真正价值却被淡化。

这也引起我们对当下文明的思考：我们生存的环境正在恶化，我们依存的绿色家园正在消失，地球也在哭泣，而我们还在现代技术文明的车轮上高歌猛进；我们不再思考存在的真正意义，我们只剩下征服的欲望。

文学可以拯救我们，因为文学可以唤起我们的人文情怀。我们在思考自身的存在时，我们也会思考他者的存在。一部部充满人文情怀的文学作品，都会把我们带到一种精神的空间。在这种空间中，我们会和自我对话，我们也会和自然对话。我们存在的意义在这种空间中会得到完美的阐释，我们存在的根基也会越来越坚固，因为我们是诗意地栖居在大地上，尽管充满劳绩，我们也会很快乐。

一个不读文学作品的人，一定是情感缺乏的人。文学会传授我们生活的经验，文学会让我们学会尊重他人，文学更让我们思考存在的根本意义。当然，文学也会让我们敬畏自然，正如康德在《实践理性批判》中所说："位我上者灿烂星空，道德律令在我心中。"康德告诉我们，我们应该遵守自然的法则，和自然良性互动，而不是无限制地满足人类自我的欲望。

当我们认真思考文学的时候，我们会发现文学属于存在之真理，属于人类之精神，属于滋润人类存在价值的原浆，它是我们诗意存在的载体。我们没有理由不与文学为伴。在人文精神逐渐衰落的今天，我们更需要文学去唤起我们漠然的态度，更需要文学引导我们追寻那失落的精神家园。让我们回家吧，回到文学的怀抱，正如德国诗人荷尔德林在《返乡——致亲人》一诗中所说：

回故乡，回到我熟悉的鲜花盛开的道路上，
到那里寻访故土和内卡河畔美丽的山谷，
还有森林，那圣洁树林的翠绿，在那里
橡树往往与宁静的白桦和山榉结伴，
群山之间，有一个地方友好地把我吸引。

（原载《青岛科技大学报》第691期）

《傅雷家书》：不仅是家书

王 敏

"聪：车一开动，全家都变了泪人儿，呆呆地直立在月台上，等到冗长的列车全部驶离站方才回身……"

从此，幼子离乡，家父渐老，一转眼便是十几年。

傅雷在儿子小时对他的要求格外严格，可以说是不近人情。他禁止儿子出门与伙伴玩耍，亲自为他编制教材，给孩子制定课表，严加督促。孩子在他面前总是小心翼翼，不敢逾越规矩半步，只有在父亲不在的时候才敢显露孩子天性恣意玩乐。傅雷对儿子的日常礼仪更是上心，他规定孩子怎么说话，怎么做事。进餐时，他注意孩子是否坐端正，手肘靠近桌边的姿势是不是妨碍了同席的人，是否发出有失礼貌的咀嚼声……傅雷在儿子身上的用心没有白费，傅聪彬彬有礼，各方面都很优秀，尤其在音乐方面显示出过人才华；年少时便出国学习音乐，在多个国家举办钢琴演奏会并多次发行唱片，在事业上取得了很大成功。

傅聪离开后，亲子相隔，思念难耐，唯有书信往来。悠悠岁月，茫茫万里间，一封封书信将父子俩紧紧相连。

《傅雷家书》中选编家信200封，父亲信161封，母亲信39封，集中体现了1954～1966年间傅雷对大儿子傅聪的牵挂和期盼。

傅雷时刻挂念儿子在外的生活，在信中多次嘱咐傅聪注意作息，保重身体。同时，对学习也有更严格的要求。傅雷要求儿子将学问、艺术、真理放在第一位，学好语言，补习乐理，正视困难，取长补短。傅雷夫妇希望处处了解孩子的生活，为孩子千思百虑地操心，信中曾写道："我们做父母的人，为了儿女，不怕艰难，不辞辛劳，只要为你们好，能够有助于你们的，我们总尽量地给；希望你也能多告诉我们。你的忧，你的乐，就是我们的。"父母的思念和牵挂溢于言表。

傅雷在为傅聪取得成绩欣慰的同时，十分担心他滋生不良情绪。于是，在信中随处可见傅雷教导儿子如何做人、如何看待名利、如何处事的片段。他对儿子的谆谆教导，儿子与父母的心灵沟通字字感染着我，傅雷既是在教子，也教育着看书的我啊。

"一个又一个的筋斗栽过去，只要爬得起来，一定会逐渐攀上高峰，超越在小我之上。心酸的眼泪是培养你心灵的酒浆。不经历尖锐的痛苦的人，不会有深厚博大的同情心。"

"自己责备自己而没有行动表现，我是最不赞成的。这是做人的基本作风，不仅对某人某事而已，我以前常和你说的，只有事实才能证明你的心意，只有行动才能表明你的心迹。生性并非'薄情'的人，在行动上做得跟'薄情'一样，是最冤枉的，犯不着的……做人的道理，你心里无不明白，吃亏的是没有事实表现，希望你从今以后，一辈子记住这一点……"

"得失成败尽量置之度外，只求竭尽所能，无愧于心。"

有别于一般家书的地方在于傅雷父子间的通信内容不局限于亲人间嘘寒问暖和抒发思念之情，信中还有大量的父子俩对艺术的交流及彼此对艺术的感悟。傅雷不仅对傅聪的见解大加赞赏，更是常将中国的文化与西方的音乐结合起来尽情畅谈。此时，他们不仅是感情深厚的父子，更是学术上志同道合的朋友。他们讨论钢琴弹奏技巧，探讨肖邦和莫扎特。傅雷为儿子千里迢迢地寄上画册、字帖、拓片、古书，并备有详细注解，积极传播中国文化精华，使傅聪能够受到中国文化的熏陶。

傅雷夫妇直至生命尽头都没有再见到自己的儿子，也没有见到儿媳弥拉和可爱的刚满两岁的孙子。虽然不在孩子的身边，傅雷夫妇还是竭尽全力给孩子最大的精神支持。

刚开始读《傅雷家书》时，傅雷的威严令人生畏，但慢慢地，便为字里行间流露出的爱意和温暖所打动。信中饱含着父母对孩子的爱与责任，更不乏对真理、对道德的不懈追求。读书时，我仿佛无限接近着这位学识渊博的、庄严慈爱的父亲。几十年前父母与孩子间的对话，今天读来，仍让人受益匪浅。

傅雷写给孩子的信早已超越普通家书所涵盖的内容，它更像是一个交流的平台，两代学者通过信件碰撞出思想的火花。多年后，已为人父的傅聪再读父亲写给自己的信时，是否会更有感触？又会怎样理解父亲的用心良苦呢？

（原载《青岛科技大学报》第580期）

没有伞的孩子,必须努力奔跑
——读《真实世界》有感

刘 婷

在每个人的内心深处都有一个属于自己的世界,可能那是一个装满要成为什么、要怎么去做、要坚持什么、要如何坚持的世界,但现实是——真实的世界只有一个。

某一个真实的夏季,一场真实世界的洗礼开始了:

被人嘲笑为"少年阿甘"的马赛洛,是这本书的小主人公——一个从小就被判定有交流障碍的孩子。他不敢与人对视,无法热情拥抱,不会表达情绪,更不懂沟通技巧。他有不错的记忆力,他甚至把每一匹小马的名字、年龄和出生日期都记得清清楚楚。他也有属于自己的思维能力和表述能力,但是,这些都不能让他做到正常地与人沟通交流。和与人聊天比起来,他更愿意和小马驹说话。

为了让他更好地适应外面的世界,成为一个懂得交流、懂得生活的人,父亲将他安排到自己的律师事务所实习。在那里,他的世界观得到了初步的改变。他遇到了脾气火爆的收发室女孩茉莉,也遇到了处处刁难他的"富二代"文德尔,更遇上了一桩棘手的案子:他在文德尔的办公室,从一张被丢弃的照片里发现了一个令人惊奇的秘密……

一本书,一个跌宕起伏的故事,一个简单纯洁到不谙世事的孩子。

马塞洛是一个有点儿轻微自闭症的孩子。在这本书里，他很幸运有一个经济实力不错的父亲。如果不是有这样的一个经济庇护，他就不能接受特殊学校的教育，想必那样的童年会是更加悲惨的。从另一方面看来，他的自闭症是他的一层特殊的保护罩。虽然这层保护罩抗不住任何冲击，但却是他逃离现实的玻璃房。他可以将自己关起来倾听自己内心的声音，不用迎合那些看不清内心的陌生人毫无意义的搭讪。他与这个世界格格不入，他难能可贵的纯真感染了整个故事。

但是，马塞洛必须学会成熟和长大，就像阿图罗对他说的：这个夏天得遵守这个真实世界的游戏规则。虽然他起初答应去律师事务所是为了换来去帕特森的自由，但是那也确实是促使他成长的第一步。就好像我们一样，随着渐渐成长，要自己一个人来到陌生的城市上大学，四年之后一旦离开校园，迎面而来的就是一个陌生的成人世界。

如果我们可以在与人交往中游刃有余，便会在社会这个大舞台上有出色的表现；倘若我们处理不好，杂乱的社会就像一个泥潭，会使人越陷越深。马塞洛的幼稚和天真，就像我们每一个即将步入社会的新人。就现实来看，每一个新人都必须经历幻想破灭的冷水，才可能在出租房的阴暗潮湿中学会给自己鼓足勇气继续闯荡。

可是，真实世界究竟如何呢？是我们每个人心中自己臆想的完美世界？是让我们渐渐忘记自己最初梦想的残酷世界？还是……虽然知道如马塞洛那般不谙世事是不可能适应社会生活的，但是我们如果太过圆滑或者绞尽脑汁地去算计、去经营，是不是太过辛苦了呢？我们总会太在意别人的看法，去努力适应社会、迎合别人，悄然间丢失了原来的自我与那份再也找不回来的梦想……

或许我们还有时间可以停下来，听听自己内心真实的想法。或许我们还可以像这本书封面的图景一样，在某个不那么月明星稀的夜晚，与自己的另一半手牵手，按捺住那颗因为未来而焦躁不安的心脏，回忆自己的梦想，想想曾经那个纯真的自我。

渐渐长大，你要的真实世界，是现在这一个吗？你要的真实世界，还在吗？

（原载《青岛科技大学报》第689期）

如此现实的一种人生
——读余华《兄弟》

任瑞雪

《兄弟》是余华近年来的一部作品,讲述的是江南小镇两兄弟李光头和宋钢从"文革"至今的跌宕人生。

从《一九八六》开始,余华就像个残酷的刽子手,用把刀子,把本该回归平淡的生活划得乱七八糟,支离破碎。余华残忍,他用自己的笔,用自己的话,写完了一些人的一生。那是完整的一生,即使他把它结束在列车的呼啸之中,那也是完整的。完整,但不完满,所以他很残忍。

他从不会平铺直叙地给你讲一个故事,而是像一个痴人一样天马行空地说梦。你可以说,那些都是胡言乱语,没有谁热衷于悲剧,没有人喜欢看美丽的花瓶在自己面前破碎。他并不是胆小如鼠,他敢于面对现实带来的种种,像是鲁迅说的那种猛士,敢于直面人生的惨淡。

他的文字似乎有这样一种魔力。当你深深地陷入情节里看得撕心裂肺的时候,他却站出来若无其事地对你说:我没有别的意思,只是想给你讲一个故事,这个故事就在时时刻刻地发生着,在你周围的世界,在你忽视的角落里,甚至在你的身上。

你看他们一个个都像跳梁小丑,各自上演着悲欢离合,因果善报。会有好报的苏妈和陶青，有了平淡完满的生活和一升再升的仕途；会有报应的赵某人和刘某人，凄惨糜烂地各自生活着。他有时候想用故事打动你，告诉你应该这样，而不应该那样。作家的权利，就是编撰人生，写上他觉得应该对的答案。

读完整部小说，我想每个人的脑海中应该都存有这样一个印象。他有宽厚的肩背，不论在怎样的羞辱下他似乎都像一棵杨树一样挺拔，他是宋凡平。就像《美丽人生》里那个强忍欢笑的父亲一样，他给孩子们搭建了一个安全的城堡，让那场人们彼此憎恨、互相杀戮的浩劫过去之后，孩子们也只会当成一场秘密的游戏一样，天真无邪地继续自己的童年，继续生活在一如既往的蓝天下。那力量和勇气源自哪里？或许就是父亲那闪亮的微笑。

"记得那时年纪小，你爱谈天我爱笑，不知不觉睡着了，梦里花落知多少。"兄弟俩的童年就是这样，他们并不知晓生活正以怎样的丑恶嘴脸逼近他们。兄弟俩就是彼此的全部家当，他们自己做半生的米饭，自己去河里捉虾，然后又在饥饿和泪水中相拥着取暖，嘤嘤睡去，然后在山一样的宋凡平倒下后伤心欲绝地哭泣拭泪。小说的上半部以这样一个故事结尾，故事发生在"精神狂热、本能压抑和命运惨烈的时代"。

宋钢反复背诵着母亲临终前留下的那句话和李光头一起长大了。他们有过一段相亲相爱的美好时光，然而权、钱、女人也早晚会让他们分开。宋钢是树，一旦在一个地方扎下根，他就会用力地伸出根须，在这一方土地上汲取营养便不再离开。李光头是叶，他随风飘荡，随遇而安，而且不容易腐烂。兄弟俩截然不同的性格注定会有向不同方向延伸的人生轨道，就像平行的两条列车轨道，一旦相交，便会发生悲剧。于是，到最后他们就这样，互相打碎了对方的腿骨，都趴在了地上一动不能动。

"他临终的眼睛里留下的最后景象，就是一只孤零零的海鸟飞翔在百花齐放里。"

我们都是那只海鸟，挣扎在格格不入的生活里。

（原载《青岛科技大学报》第584期）

快跑，乌拉拉

齐 蕾

最近看了一本日本小说《快跑，乌拉拉》，文中讲述的是日本赛马场上一匹连败100次但仍奔跑不止的赛马——乌拉拉。小说不长，图片不少，给人的感动很多。

一匹赛马，一匹比其他赛马都要瘦小的马，只因马场主的垂怜，才免于被处理掉的命运，给它在赛场上继续驰骋的机会。于是，无论什么赛事，它从不发脾气怯场，也不管失败了多少次，它总是昂首挺胸，拼搏于众强手间。屡败屡战，愈挫愈勇，每次出发都是新的征程，每个开始都有新的希望！这个驰骋在赛马场上的弱小身影吸引了越来越多人的目光，赢得了越来越多人的赞叹和掌声……

这匹马，这匹拼搏不息的平凡的马，平庸的身姿也许不被人看好，平凡的努力也许也不被人注意，但平凡的坚持却能闪耀金光。只要给予机会，哪怕只有百分之一的希望也要不断坚持，因为只有不断奋进才能实现自身价值！经媒体报道后，感动了无数平凡的人，让这些就要自暴自弃的人重新鼓足勇气站起来奋斗；也激励了许多和病魔抗争的人，让他们重拾生命的信心，珍惜生的机会。

而今，乌拉拉的败绩已达120场，且从未赢得过冠军，可是它仍顽强地驰骋在赛场上，成了日本最闪耀的明星马。人们爱它，被它感动，不是因为它所拥有的光环,而是它所体现的精神,那种拥有机会便勇往直前的拼搏精神。马且如此,况乎人也?

身处大三的我们,经历了大一时的懵懂,浪费了美好时光;走过了大二时的繁忙,错过了好好学习的机会。此刻,我们依然普普通通,依旧平平凡凡,未来却让我们迷茫起来。未来很近,考研、工作无不是"亚历山大",于是接着逃避……

平凡而又普通,却拥有着改变未来的机会,从现在起努力,不断奔跑,还是能够赶超向前。平凡更需努力,普通亦要奋进,每一天为明天……无论考研抑或工作,策马扬鞭,从现在起,努力奔驰于属于自己的赛场上,即使落后,明天仍有希望!

平凡的我们一如乌拉拉,即便弱小,只要有机会,哪怕是百分之一的希望,也要坚持不懈,屡败屡战,愈挫愈勇,生命不息,奋斗不止!

快跑,乌拉拉!幸福在明天……

(原载《青岛科技大学报》第592期)

让好书"有枝可栖"

徐 洁

读叶灵凤先生的《读书随笔》,细品他对书籍的喜爱,想起自家那成堆"作废纸状"的书本,深感惭愧。先生的爱书与自己的藏书的糟糕现状形成了鲜明的对比,于是悄悄在心中埋下要好好对待书籍的念头。

虽然颇爱读书,但是本人向来不善藏书,书刊"藏"得到处都是:窗台上、枕头下、床沿边、桌子上,甚至是厕所里。毫无疑问,这样的藏书方式、不知道埋没了多少"人才"。

倘若是赶上雨天,忘记了关窗,窗台上的书就会遭殃,湿嗒嗒的书页是一般小雨留下来的痕迹;封面有防水薄膜的书还好一些,没有的就只能放在通风处风干,最后还是逃不掉"皱巴巴"的命运。偶尔也会有心血来潮的时候,细细地把翻页留下的折角抚平或者给书包上漂亮的封皮,但是这种情况实在不多,而且没几天又会被打回原形,新书皮被"啃净"了,折角比原来都多了,故而窗台上的书本寿命都不会太长。

枕头下的书也逃脱不了"厄运",它们一般都是呈"翻开状"被压在枕头下面的,一般一晚上之后就会怎么合都合不上,只能大刺刺地敞开着,直到归于墙角那一堆书中或者是丢进书箱里被其他的书压着,才能"修成正果",不再"袒胸露背",却是怎么都恢复不了原貌了。

摆在桌子上的属于好的,一般是新华字典之类耐磨型的工具书和各种小册子,即使是硬纸板封皮也会在不好好保护的"待遇"下被磨得边沿发白,露出白色纤维毛毛。老妈每每都要把它们整齐地码成一堆,但是好景不长,也许就是第二天,它们又会像石子铺路一样排开,占据桌子的每一个角落,散漫无序。

厕所里的书最惨,虽然都是些小说、八卦、杂谈之类,但其娱乐性和趣味性在无聊空虚的时候有打发时间的功效,那些乱七八糟的故事也甚是吸引眼球,嬉笑怒骂自有生活百态。有了这些书,倒是可以把空悬着的心安定下来,融入生活,不乏滋味。但是,把书放在厕所里总不是什么爱书之道。

曾经梦到自己写的字都活了起来,却是缺胳膊瘸腿地跑到我面前指责我,因为它们的骨架结构、一横一捺都是我亲手制造出来的,就像工厂里制造出来的那些残次品,歪的、斜的。那时正是把阿拉伯数字"3"写趴着的年纪,觉得文字甚是神奇,也算是日有所思夜有所梦吧,所以,我相信文字是有生命、有灵魂的。我想承载着那些文字的书本也是一样,即使是房子住久了都会有人气,那些书籍也会耐心等待那些能读懂它们内涵、懂得珍惜它们的有缘人,也希望有缘人带着发现的眼睛,挖掘到它们,拥有它们。

就如同每个人都希望能被自己的知己善待一样,做爱书的人,实在应该像叶灵凤先生那样,让自己的那些"知己好友"能够"有枝可栖";像叶先生一样,把我们喜欢的书、给我们莫大鼓舞的书,归入"座右书"一列,让它们成为"鞭策我们,对该做的那些搁置已久的事情赶快去做的座右铭"。或许只是几个简易的小书架,随手摆放整齐、不乱堆乱放的好习惯就能给我们的好书一个好的归宿,让它们可以放心地安家。

随着时代的发展,也许有一天,纸质的书籍会因为携带不便、影响环保等问题而逐渐被电子书所取代。但是,某个夏日的午后,当我们窝在自己的小天地,手上捧着一本昔日收藏的纸质书籍,我们该多么感激,感激彼时的我们为此时的我们留下了这样一片书香。

(原载《青岛科技大学报》第628期)

杜拉拉的迷失

彭延荣

电影《杜拉拉升职记》的女主角杜拉拉年轻、漂亮、果敢、坚毅，同时又富有女性的温柔和善良。在职场上，她坚持不懈，敢于担当，一路顺风顺水。在情感上，她独立自主，尽情享受青春的浪漫与情致。这些也许正是杜拉拉能受到广大青年热捧的原因所在。在这部电影中，对笔者触动最深的是，面临大大小小的选择时杜拉拉的反应，以及这些选择对杜拉拉产生的影响。

我们在一次次选择中塑造着自己，杜拉拉亦如此。刚走上社会的杜拉拉有着"初生牛犊不怕虎"的勇气，她可以对自己的上司"发号施令"；她可以在心情不好时任意挥霍钱财，为了泄愤会大吃特吃。此时的杜拉拉是纯天然的、本真的、任性的。看着她端着碗剩汤坐公交车，看着她走到大楼前换上高跟鞋，让人内心觉得无比亲切。大多数人生来都是这样平凡，人前光鲜亮丽，人后斤斤计较地过日子，却也自得其乐。很多人喜欢杜拉拉，就在于她这点"可爱气"。

可是生活不是写小说，可以根据自己的意愿任意改变故事情节。我们毕竟要适应生活，适应职场的游戏规则，适应同事间的勾心斗角，适应看着别人升迁自己却只能踏步不前的状态，适应自己所处的那个群体的生活法则。所以经过几年的磨洗，杜拉拉沉稳冷静了许多。棱角没了，"拼命三郎"

的勇气没了，在一次次抉择中，杜拉拉越来越适应职场的模式和要求。

所以，有人评论说："杜拉拉是一种病，她放弃一切自我，与职场模式彻底融为一体，与商务规律完全保持一致，她将自己变成了一个完美的流程软件。"不可否认，杜拉拉在不断升职的过程中的确失去了许多弥足珍贵的东西，如坦诚、幽默、平凡的幸福……

在 DB 公司有一个非常不人道的规定——同事之间发生恋情，双方必须有一个得走。这是杜拉拉面临的最残酷的一个选择。要工作，还是像王伟开玩笑时说的那样"两个人背着包去环游世界"？杜拉拉没有选择的余地，她必须要工作。"投资爱情不一定有回报，但是工作不会辜负你，只要你投入了就一定会有回报。"这是杜拉拉的职场理念。结果是，王伟悄然离开，杜拉拉继续留在公司，甚至成为知名企业的 HR。可是很明显，杜拉拉并未因此感到多么幸福快乐。正如电影中所展现的那样，思念像一条毒蛇，穿梭于杜拉拉生活的角角落落。

职场只是生活的一部分，而生活才是展现多姿多彩、繁花似锦的万花筒，是幸福快乐人生的日日夜夜、点点滴滴。我们也需要用工作来证明自己的价值，但请不要忘记，我们最终的目标始终都是美好生活。

身为学生，我想，上大学不能只是为了将来找一个好一点的工作，更重要的是学着如何去生活，如何让身边人和自己更幸福。这也许不能仅仅通过简单的财富积累和职位提升就能达到吧。

成功离杜拉拉还很远，离我们也很远呢。

（原载《青岛科技大学报》第565期）

我为书狂

秦 健

如果说大学里有一个地方可以让我终生难忘的话，我想那就是图书馆。

3年的大学生活，我不敢口出狂言自己读了多少书、掌握了多少知识，但至少无论是暮春时节樱花烂漫芬芳四溢的清晨，还是冬日里夕阳西下独身孤影长的黄昏，我都行走在去图书馆的路上，每天都在用心抚慰亲吻那一个个静谧温软的方块字。

"书中自有黄金屋，书中自有颜如玉。"一旦钻进了这屋里，哪还有心思管它是黄金还是钢筋，是别墅还是茅草屋？此时的你别无他求，有书足矣！我享受一个人挑灯夜读、书人合一的神游感，当然要是再能有个红袖添香那就更妙不可言了。

当你带着功利的目的去读书的时候，你会发觉书也在敷衍着你。虽然它的每一个字都是静止不动的，一旦千百个字连在了一起，作了文章成了书，那时的它就是活的，它能辨别谁是真心待它，谁是在玩弄它。所以千万别骗它；骗了它你就骗了自己，因为在你还没读懂书的时候，书早就读懂了你。

德国作家赫尔曼·黑塞曾经说过："世界上任何一本书籍都不能给你带来好运，但是它们能让你悄悄成为你自己。"我觉得书籍让我们悄悄地成为我们自己，就是书籍给我们带来的最大的好运。试想，除了书籍外还有什么能让我们在这个熙熙攘攘的时代里真正地静下心来思考自然、感悟人生？除了书籍外，还有什么能让我们在这个到处充斥着浮躁气息的社会里心无杂念地坐下来与心灵对话回归自我？除了书籍外，还有什么能让我们在虚与委蛇、觥筹交错的社交空虚后独自疗伤？唯有书籍！

一直以为好书是有灵性的，就好似一块璞玉，你只有用一颗虔诚的心去感应它、读懂它，它才会赋予你灵气。一本好书又犹如秀外慧中的小家碧玉，不似大家闺秀般华丽多彩风姿绰约，也没有徐娘半老风韵犹存的媚态，但她平凡中透着高贵，世俗里绽放贞洁。她不张扬，不媚俗，不哗众取宠；你只有静下心来，深入到她的心里，才能读懂那份淡然和心安。

"读书之后的心如泪洗过的良心"，这是我听过的关于读书的最美的一句话。在图书馆找一处僻静靠窗的角落，你不去打扰别人，别人也打扰不到你，一个人享受这难得的宁静与孤独。泡一杯新茶，甭管是铁观音还是碧螺春，信阳毛尖也未尝不可，手捧一卷哲理四射的古书抑或是一篇唯美的小品散文；或正襟危坐或随性而倚，夕阳的金黄色余光透过锈迹斑斑的铁窗户如流水般倾泻而入，温柔地抚摸着你的每一寸肌肤，好像要把春天阳光的味道镌刻在你的骨子里似的。茶香的氤氲气息和书的墨香缭绕在一起，久而久之竟如同一对如胶似漆、海誓山盟的恋人般合二为一，这时的你还怎么忍心分离，索性就让它们沉迷于此，而你只是个看客罢了。

"万卷古今消永昼，一窗昏晓送流年。"同学们，趁着年轻，多读点书吧！

（原载《青岛科技大学报》第616期）

女性的力量

——读《飘》

闫 瑾

《飘》这本书的另一个名字叫"乱世佳人"。从这个题目我们可看出来,这本书写了一个女人的故事,而且是战争中的漂亮女人的故事。读过这本书的人,脑海里都能长久地保留斯嘉丽那俏皮、倔强、坚强的形象。而在我看来,不管是叫"飘"还是叫"乱世佳人",都不如英文原版的书名"GONE WITH THE WIND"好。

如果有人问我至今为止读过多少书,我的回答会是"两本",一本是中国的《红楼梦》,一本是美国的《飘》。这并不是说我读过的书中只有这两本有价值,而是就我个人而言,这两本书在我心中刻下的痕迹不是其他书所不能相比的。

《飘》是美国著名女作家玛格丽特·米歇尔创作的一部具有浪漫主义色彩、反映南北战争题材的小说。

美国南北战争前夕,佐治亚塔拉庄园16岁的斯嘉丽小姐疯狂地爱着邻居阿希礼·韦尔克斯。战争爆发后,阿希礼与他的表妹玫兰妮结了婚,斯嘉丽一怒之下嫁给了自己并不爱的查尔斯。不久,查尔斯在战争中病死,斯嘉丽成了寡妇。

在一次募捐舞会上,她与瑞特·巴勒特船长相识。战火逼近亚特兰大,斯嘉丽在瑞特的帮助下逃离亚特兰大,回到塔拉庄园。看到昔日庄园已经变成废墟,斯嘉丽决心重振家园,为此不惜一切代价。不久,斯嘉丽的第二任丈夫弗兰克在决斗中身亡,她再度守寡。瑞特真诚热烈地爱着斯嘉丽。不久,斯嘉丽嫁给瑞特,但同时她还迷恋曾经爱过的阿希礼。瑞特伤心地离开斯嘉丽,而斯嘉丽此时却意识到瑞特才是她唯一爱着的人。

书的最后是斯嘉丽在瑞特离开自己后说的一句话:Tomorrow is another day! 这也是全书的点睛之笔。如果没有这句话,故事的结局停留在瑞特离开斯嘉丽后,斯嘉丽独自一个人为自己错过瑞特而悔恨不已、伤心欲绝,那么斯嘉丽这个人物形象就不会那么饱满、那么富有张力了,整部小说的气质就会随之而改变。正是全书描写的斯嘉丽是那样倔强、那样坚强、那样有生命力的奇女子,注定了小说的结局不会停留在斯嘉丽凄凉的心绪里,也就注定了斯嘉丽不会被战争打倒,不会被贫穷打倒,直到最后在她那么真切地发现自己深深爱着瑞特而瑞特却离她而去的时候,她还是擦干眼泪展望明天,她同样没有被爱情打倒。这样的小说主人公,这样的描写,玛格丽特几乎颠覆了女性在人们心中软弱、柔顺、不堪一击的形象,把女人的强大与美用诗一般的语言淋漓尽致地展现给世人,荡气回肠,成为一曲绝唱,洒脱又优美,并流传百年。

一本书之所以能成为经典名著,与它的历史价值是分不开的。距玛格丽特写《飘》已经近100年,但是,现在再读这本书仍然能从小说中找到自己的影子,能看到人性共同点的缩影。有生命力的东西总能经得起时间的考验,经得起读者的推敲。小说写了战争,写了爱情,但是,在我看来,更重要的是,她写了女性。把女性的很多美通过小说人物的语言、行为、心理描写刻画了出来,把女人的丰富感情、坚忍、温柔,深情地写了出来。

在中国的小说描写里,女性通常是带着些悲剧色彩出现。如果《飘》中的这个故事放在中国来写,其结局就肯定不是那样充满热情与希冀的一句话,而故事可能只是停留在一个令人扼腕的战争爱情故事这样的层面。这主要是文化的差异性带来的。纵观古今,西方女性更有自主意识和敢于挑战的胆识，而中国女性大多是以一个柔弱的形象出现。这里面有许多值得我们思考和探索的东西。读者可以拿张爱玲以战争为题材的爱情小说《倾城之恋》与之作比较。

斯嘉丽的爱情观、人生观不得不让人觉得这样的女性充满了一种生命的张力。她痴心迷恋着阿希礼却遭到拒绝，拥有美貌和无数追求者的她却没有因此放弃对爱的追逐。纵观全书，读者知道她的这种爱单单是少女对心中完美形象的一种迷恋，不一定就是爱情。但是，直到她发现自己真正爱的人是瑞特之前，她都没有放弃过对阿希礼的痴爱。哪怕也许是错误的，她的这种直率和天真、纯粹和真挚都能深深打动读者。她能勇敢地直视自己的内心，不管好的、不好的，她都真实地对待自己，就像她承认自己嫁给第二任丈夫是为了钱，也直率地表示自己不喜欢"情敌"玫兰妮，但是却忍不住被她的人格所打动。就像她勇敢地在阿希礼订婚的日子向他表白，像个单纯的孩子。我想，瑞特之所以那么深沉地爱着斯嘉丽，也是看中了这样的一种品质——因为真实而可爱。而作者在塑造小说人物的时候也会因为形象而真实，因为真实而生动，这就是小说家的不可超越之处。

如果说斯嘉丽表现的是一种女性的活力的美、热情的美、富有张力的美，那么小说里玫兰妮所表现的就是隐忍的美、宽容的美、高贵的美。在读小说时，我在脑海里刻画她的形象时，总是把她和中国女性联系起来。她的美更多地像中国女性的美，是一种柔和的坚忍。她人格的美仿佛不是作者描写出来的，而是从世界的某个角落里流淌在读者心里的，留下了无尽的芬芳。这就是这位女性带给我的感受。在她的生命里，无时无刻不展现着一种柔的力量。她不需要大声说话就能让别人安静地听她说话。她只要站在那里，就能得到别人的尊重。她令斯嘉丽嫉妒，却恨不起来。她一颦一蹙都透着美国贵妇人的高贵气质。她能让每个和她说话的人变得温柔。她那么安静，那么小巧，但是她却不软弱。她在斯嘉丽杀死北方佬时镇静异常，和她一起掩埋尸体。她能冒生命危险，只为能给丈夫生一个孩子，最后也因此而葬送了生命。

玫兰妮在我心中是高贵的，是伟大的，就像一个天使，而她又是真实的。她整个人生充满了美，她的美具有强大的力量。她的人格可以净化读者的心灵，可以带领读者走进一种静谧的威严里。在那里，读者可以反思，可以感受，也可以享受。

在这部小说里，我不仅仅看了一个爱情故事，更值得我深思的是真正女性的天真、直率、温柔与坚强，不会被战争吓倒，不会被贫困压垮，更不会被爱情打败，充满了高贵与美好。

与男性相比，女性更容易生活在一种自我的世界里，这样会加深内心敏感之处的痛楚，所以女性更容易受到伤害。很多人认为女性的力量一般表现在驾驭男人的能力上，而我看过小说后思考的是，女性的力量更多地体现在驾驭自己的能力上。如果能做到"GONE WITH THE WIND"，这就是女性更深层的美了。

（原载《青岛科技大学报》第687期）

只做第一个我,不做第二个谁
——读《真实世界》有感

赵 芝

"没伞的孩子必须努力奔跑",用这句话来形容《真实世界》的主人公马塞洛也许是最为合适的了。

《真实世界》是美国畅销书作家斯多克所著。同这本书的名字一样,斯多克写这本书的灵感来自这个真实的世界。在念大三的时候,他曾到智力康复中心做兼职,由此他接触到了很多自闭症患者,而这样的经历也触动他写出了这部震撼读者心灵的书籍,同时也唤醒更多的人去关注、关心和关爱自闭症患者群体。

主人公马塞洛从小患有阿斯伯格综合征,用他自己的话来说,就是自闭症中最高端的一种。他习惯性地低头,不敢与人对视;他不愿与人沟通,因为每一个单词都会让他感到费解。在他看来,与小马驹交流会更加轻松自在。帕特森这所学校对于马塞洛来说,就像是一个世外桃源。在这里,有和蔼可亲的老师,有和他一样经历的天真的同学。在这里,他觉得自己与别人没有什么不同,没有嘲笑、没有伤害。

然而,在这个夏天,一切都将改变,他将接受一个真实世界的磨砺。

父亲为了让他适应这个世界,决定安排他在自己的律师事务所实习。

这里不同于帕特森,没有任何保护,他必须努力去学习怎样与人沟通交流,必须直面职场一切的勾心斗角和权利相争。处在这样的一个真实世界中,马塞洛就像一个没有雨伞的孩子,如果想要避开风雨,就必须努力地奔跑;同样,要想能够与人沟通,就必须比别人更加努力地学习,去理解这所谓真实世界的生存法则,否则将会遍体鳞伤。

我一直相信,上帝给你关了一扇门,就一定会给你打开一扇窗。

马塞洛虽然从小患有自闭症,被别人嘲笑为"少年阿甘",看似处处都与这个真实的世界格格不入,但同《阿甘正传》中的阿甘一样,马塞洛也拥有很强的学习能力,拥有超强的记忆力,这些都使他渐渐适应了他的工作。

在这个真实的世界中,是做一个真实的人,还是改变自己去迎合这个真实的世界?也许马塞洛的做法会给我们答案。

当他发现自己的父亲为了利益对一个正处于危难中的花季少女的性命置之不顾时,他听从了自己内心最真实的想法,决定出手帮助这个女孩儿,即使这样做会给父亲的公司带来巨大的损失。最后,当马塞洛发现自己的决定不仅给了这个花季女孩生活的希望,而且还将更多的人从危难中拯救出来时,他也再一次明白了迎合真实的世界和做一个真实的人哪一个更为重要。

经过这个夏天的洗礼,一个来自这个真实世界的洗礼,马塞洛收获了一个真实的自我,他更加坚信:"对的音符听起来就是对的,错的音符听起来就是错的。"于是,他决定接受这个世界,加倍努力。他想像妈妈一样拿到护理学位,有一天能够尽他的能力去抚慰这个世界。

是真实的世界,还是真实的个人?也许当你在安静的午后细细地品味完这本书以后会有更深的体会。最后,希望借书中的一句话"只做第一个我,不做第二个谁",给正处于真实世界迷茫中的你以帮助。

(原载《青岛科技大学报》第689期)

图书馆的一天
——未来图书馆畅想

邱茹林

随着个人智能终端传出愉悦的起床铃声,我睁开惺忪的睡眼。新的一天开始了,我伸个懒腰打起精神,考虑着今天的学习计划,突然想起昨天的预习还有部分没有完成。我匆匆洗漱完毕,打开我的个人学习终端,终端界面里还留有昨天我未完成的预习功课。我在个人数字图书馆中载入预习需要的资料,过了10分钟,我将"现代文学"课程诗歌概论的剩余部分详细地预习了一遍,并在终端上奋笔疾书完成了预习笔记,然后提交到云图书馆的个人数字中心。有了终端的辅助,我的学习备感轻松,每时每刻都深深地沉浸在校园的数字化气息中。

今天的第一节课是"现代文学",我已经做好了充分的课程预习。课上的学习过程很轻松。跟随着老师的节奏,我登录到图书馆云系统并载入了课本和老师的讲授大纲,通过智能终端与老师和同学们针对各个知识点进行互动交流。我不仅学到了课本上的知识,而且还吸收了其他同学很有新意的个人观点。通过云图书馆的推介系统,我还找到了一些观点的出处,同时也把我的心得与其他同学进行了分享。整个课堂氛围既和谐,又活跃。课堂不再是老师个人的表演舞台,而是大家交流的平台;老师不再是理论知识的代表,而是我们学习的向导。

下午是我们自由活动的时间,根据我自己的学习计划,我要继续完成"诗歌对现代文学影响"的专题研究。前几天在云图书馆找到的相关资料大部分已经阅读完毕,为了赶进度,我要在下午进行相关信息的及时更新。

午睡后我步入图书馆大厅,图书馆智能值守系统自动识别我的身份ID,并用音频定向技术友好地向我问候:"欢迎您来到图书馆。"同时,我的个人智能终端显示出我的图书借阅信息,我把要归还的资料放回到归还架,智能值守系统帮我办理了归还手续,相应的信息也同步到了我的个人智能终端上。

在大厅中央,利用全息技术展示着图书馆的功能介绍、近期活动安排,以及信息动态,在顺着旋转扶梯上楼的时候我随意浏览了一下全息最新动态,没有出现我关心的内容。上楼后,我在个人智能终端上找到预约的图书,并提出了借阅请求。虚拟化图书馆向导利用虚拟化动画向我展示了这本书的藏书位置,并引导我取阅。虽然图书馆很大,我并不是很熟悉,但是在向导的帮助下我很快就找到了我预约的两本书。在取书的时候,我看见工作人员手持一个设备,正在对架上的图书进行顺架、盘点、归位和整理,不禁从心里感慨图书馆现代化智能高科技的高效和便捷。

拿到书后我打开终端,进入图书馆状态查询系统,发现22楼阅读区的人比较少,并同时预约了一杯咖啡。我选了一个离自动咖啡机比较近的位置坐下,喝着手中的咖啡,细细地品味着手中的资料。我利用终端的扫描笔对部分有价值的内容进行了摘抄,边阅读边批注,最后我把形成的个人文档提交到个人数字中心。还有一部分作业需要上网检索,我进入云图书馆"一站式检索"系统,输入"汪国真",找到自己想要的内容;整理好后,输入终端,完成作业。这时,终端发出了一条提示信息,是一位同学想要借阅我预约的这本书。还好,刚才我已经把需要的大部分内容都摘抄了一遍。为了满足他的要求,我把书放回柜内,并通过智能终端通知这位同学我已归还,他可以预约了。走出图书馆的时候,智能值守系统自动给我携带的另一本图书办理了借阅手续,并将信息同步传到我的个人智能终端上。

这样的一天，轻松和愉悦总是伴随着我。离开图书馆，不禁想起了汪国真的一首诗：

让我怎样感谢您，当我走向您的时候，原想收获一缕春风，您却给了我整个春天。

让我怎样感谢您，当我走向您的时候，原想捧起一簇浪花，您却给了我整个海洋。

让我怎样感谢您，当我走向您的时候，原想撷取一枚红叶，您却给了我整个枫林。

让我怎样感谢您，当我走向您的时候，原想亲吻一朵雪花，您却给了我整个银色的世界……

（原载《青岛科技大学报》第649期）

我看鲁迅之冷酷与温柔

崔现香

"真正的勇士,敢于直面惨淡的人生,敢于正视淋漓的鲜血。"鲁迅先生堪称中国历史上一位伟大的勇士,他以笔为利剑,狠狠地刺穿当时的封建旧俗与黑暗的社会风气,在这条艰辛的道路上冲锋在前,为后人留下了珍贵的足迹。正如阿英所说:"在中国的小品文活动中,为了社会的巨大目标的作家,在努力地探索着这条道路的,除茅盾、鲁迅而外,似乎还没有第三个人。"

我之所以称呼鲁迅先生为"冷酷与温柔的双面男子",是因为世人大都将其神化了。一提起鲁迅先生来,张口即是"中国社会上著名的文学家、思想家、革命家"。冠之以"大家"的名号当然是无可厚非的,但这反倒给我们一种距离感。

称呼他为"冷酷与温柔的双面男子",其中重要的原因还在于许广平——鲁迅的妻子。看了鲁迅的许多文章后,偶然发现一个很有趣的现象:在有许广平的陪伴之前,先生对黑暗现实的口诛笔伐,言辞非常犀利;而在有了许广平陪伴之后,尤其是他们爱的结晶——海婴出生后,带给他幸福与欢乐,他作品中的言辞出现了一些愉悦的色彩。

这样看来,许广平似乎可以称为鲁迅先生"冷酷"与"温柔"之间的"分水岭"了。

初次阅读鲁迅先生的文章,是在中学课本里读到的《祝福》。当时,这篇文章给我一种冷酷无情的感觉,似乎在为我们讲述:一个人将一个社会败类从人群中抓住之后,还要用刀子犀利地将其心脏挖出,血淋淋地呈现在大家面前,以让众人惊醒!所以他的文章"惊醒"世人,给当时的社会当头一棒,但是处于当下社会的我反而感觉到一丝凄凉,以及对人与人之间不信任与无情的可怜。

这些"冷酷",与鲁迅当时所处的"内外"之乱密不可分。

"外"境无非是当时的一些文学争论,而"内"境说起来让鲁迅很无奈。当时鲁迅承担着家里长子的责任,一家人的生活全靠他的工资来维持,但可能因为经济纠纷,兄弟反目,甚至到了绝交的地步。因为弟媳的一句污蔑,他被赶出了自己的家门。而在这时,身为夫人的朱安也一直未能宽慰他,他们夫妻依旧如往常,相敬如宾,交流甚少。那么,他自己苦闷的心事该向谁诉说?生活上的无奈加上思想上的愁闷,以至于他给人留下一种"怪物"的印象。在许广平著的《鲁迅的写作与生活》一书中还记录下了当时困苦的鲁迅给女高师上第一堂课的情形:他那大约有两寸长的头发,粗而且硬,笔直地竖立着,真当得"怒发冲冠"的一个"冲"字……一句话说完:一团的黑。可见当时的鲁迅困乏至极。

鲁迅一向愤世嫉俗,作品的话语中也偶尔夹杂着一些"不雅",这给文章增加了一些冷眼观世俗的"冷酷"感。例如在《无花的蔷薇》散文集中,在那篇《论雷峰塔的倒掉》里,句末气愤的语言"活该"就像是一个意气用事的小孩;在谈论国民素质问题时,大胆新奇地运用"论他妈的"一些语词,等等。然而他这样一位冷酷的先生身上并不缺乏温柔的一面。

《鲁迅演讲集》这样写道:"鲁迅先生的演讲态度中,是绝找不到一点手比脚画的煽动和激昂的。他的绍兴口音,平静而清明,不急促,不故作高昂,却夹带着幽默,充盈着力量,像冬天那不紧不慢的哨子风,刮得那么透彻,挑动了每根心弦上的爱憎,使蛰伏的虫豸们更觉得无地自容。"可见,鲁迅先生在现实生活中并非"冷酷绝情"之人。尤其是在他与许广平的爱情里,更可见他温柔多情的一面。

许广平亲切地称呼他为"小白象",而他则回应许广平"小刺猬""害马"等昵称。在有许广平陪伴的日子里,鲁迅可谓是找到了真正的精神伴侣,同样也找回了爱情的幸福与温暖。《两地书》便是他俩爱情的见证,温柔抒情的话语里充盈着满满的爱意。

一位成功的男人背后必然站着一位伟大的女人。许广平是伟大的又是平凡的。她的伟大在于敢于冲破封建束缚,追求解放和自由,成为新时代女性的代表;在于敢于追求自己的爱情,这种对爱情的执着最终让鲁迅折服,笑着说"你赢了"。而她又是平凡的,如千万女性一样,爱丈夫,疼爱孩子。面对这样一位女子,鲁迅有什么理由不温柔呢?

这样看来,鲁迅先生仿佛是一个矛盾的结合体了,然而却不是的。他的冷酷主要是针对悲惨的社会现状,批判、讽刺社会的无情,而他的温柔则尽情表现他对于生活的挚爱。

在看完了几本关于鲁迅先生的书后,我突然发现他像极了中国四大名著中《西游记》里的人物,他有着唐僧的睿智,孙悟空般的疾恶如仇与愤世嫉俗,加上沙悟净的沉稳,同时还不乏猪八戒的几分幽默与可爱。他是一位伟人,以笔为剑,刺穿社会的虚伪,呐喊出时代的最强音。他同时也很平凡,追求自由与爱情,热爱着生活。他,就是鲁迅,一位冷酷与温柔皆备的双面男子。

(原载《青岛科技大学报》第658期)

人生感悟

师者新说

姬相轩

唐朝韩愈曾作《师说》,开篇第一句话"古之学者必有师。师者,所以传道授业解惑也"为教师这一职业的行为规范立下了不朽的法则。今天,教育事业大发展,教师所面临的情况与韩愈时代不可同日而语。那么,应该如何理解并领悟韩愈的论点呢?

笔者认为,韩愈的本意是一位教师应该同时承担"传道""授业""解惑"三种使命,那是因为以往时代,阶段教育不发达,专业教育也不明显。可如今,人们会在不同的年龄段接受不同的教育,因此当前社会处于不同教育阶段的教师,必然会承担不同的教育使命。

首先,中小学教师所承担的主要责任是"解惑"。幼儿园里,教师让学生认字识物;小学阶段,教材里出现"月亮小,地球大,月亮绕着地球转;地球小,太阳大,地球绕着太阳转"等内容,告诉学生简单现象;中学阶段,又初涉物理、历史等学科,由教师向学生阐述天体运行、人类进化等基本道理。可见,从幼儿到中学阶段,教师的每一个行动都在配合着学生的主动思考。

这看似简单的教育现象背后,却蕴含着古往今来伟大学者的高深思想。西方教育界中,卢梭主张尊重人的天性,认为儿童时期是孩子的理性睡眠期,提出孩子不必早读书。皮亚杰也倡导儿童获得的成就主要不是由教师传授，而是儿童主动发现、自发学习的结果。中国人谈起中小学教师，也常有一个词"启蒙"。何为"启蒙"？就是让青少年和儿童摆脱愚昧、明白事理、知晓各种自然和社会常识。身为师者，不能不注意中小学阶段的教育恰是"惑"由学生发出、教师进行"解疑"的过程。教师若不注意这项"解惑"的责任，而一味向学生灌输知识，岂不是过犹不及了吗？中国的教育改革提倡学生"减负"，其实正是在向现代教育学理念靠拢。

其次，大学教师的教学动力源于"授业"。大学与中学不同，它有着繁多的专业设置。到了大学，刚刚成年、初懂世事的青年人会被分流到不同的专业领域，每个专业的教育者也立志要把自己的学生培养成能够在专业岗位上胜任的人才。单纯的大学生要利用 4 年的时间来让自己成为成熟的职业人，这是怎样的责任和压力？于是，大学教师"授业"的任务就凸显出来了。大学课堂不应该像小学那样，任由学生发问，教师进行解答，而应该以传授学生全面系统而又切实可行的专业知识为己任。大学里的教育应该是建设性的，以授予学生一技之长为目的。只有这样，学生毕业以后才有可能胜任一项工作。

再次，研究生导师应该追求"传道"。与本科生相比，研究生具备了较深的理论思辨能力，对事物也有宏观认识。研究生导师授课时不必像本科生教师那样面面俱到、拘于细节，而必须教授专业范围内博大的意旨，以此来统观学生的研究创作生涯。这些"意旨"就是韩愈所谓的"道"，不应是具体器物层面上的，也不应是虚无缥缈的空中楼阁，而应是一种既具有指导性又务实的智慧。研究生导师指引学生，利用自己的学习能力，搜罗知识，以作创新。

最后，讲讲博士生导师。经过硕士生 3 年的锻炼与学习，博士生明确了自己的研究方向，即使在今后会不断调整自己对某些问题的看法，也是出于自身的研究行为而非教师外在的指导。所以，博士生导师与博士生之间，在很大程度上已经超脱一般的师生身份，而是一种亲密无间的"合作"关系了。

（原载《青岛科技大学报》第 654 期）

每个人都有"残缺"

董新宇

国际著名激励大师"无腿超人"约翰·库缇斯天生严重残疾，并身患癌症。他没有双腿，却能潜水；没有双腿，却能驾驶汽车。他曾连续3年获得澳大利亚残疾人乒乓球冠军，并获得乒乓球、游泳等运动项目的国家二级教练员称号。他虽然没有脚，但他走过了比其他人都要长、都要艰辛的道路；他虽然没有其他人高，但是他达到了许多平凡人都达不到的事业高峰。他对人生充满了爱，用全部的爱去对待生活。许多人被他坚强不屈的意志所感动。约翰·库缇斯却向人们提出了这样一个问题："每个人都有残缺，我的残缺你们能看到，那你们的残缺呢？"

我也问：自己的"残缺"是什么？是自卑，还是胆怯，抑或都是？这些"残缺"虽然不会疼痛，却时刻影响着我的生活：交际圈小得可怜，手机里只有那么几个人的号码；做事优柔寡断，等自己好不容易决定去做了，却发现事情已经过了"保鲜期"。与朋友谈起，他笑言："幸好，你的'残缺'还不至死。"我默然。

如约翰·库缇斯所说，我们每个人都有"残缺"，只不过有的人是在身上，而有的人在心里。有的人看得见自己的"残缺"，如约翰·库缇斯，即使被确诊患了癌症仍以积极的心态面对人生，每天都像战士一样，时刻鼓励自己坚持下去；有的人却看不见自己的"残缺"，如因试用期过后未被录用而跳楼的北大双硕士。身体是健全的,内心却脆弱不堪,偏偏这种"残缺"是最危险与残酷的。

  理想与现实相依又相离,总有一些灾难降临,人们只有被迫接受。时间可以治愈所有的创伤,但那只是身体上的创伤,而心灵的伤害也许会永存心中。而唯一能治疗心灵创伤的良药还是希望,给自己设立目标,并朝着目标不断向前。无论你觉得自己多么不幸,永远有人比你更加不幸;世上没有绝望的处境,只有对处境绝望的人。去年舍友报了山师大"3+2"专升本,每天早出晚归地自习,节假日也丝毫不懈怠,如此勤奋地筹备了将近一年,却被突然告知所报考的专业今年取消招生,而这个时候再改报其他学校或专业已经来不及了。他们悲愤过,甚至绝望过,却不曾放弃过,今年又制订了新的自考计划。

  如果你觉得生活充满了恐惧,那就好好活着,努力去纠正那些"残缺"。若是无法改变,就学会去面对,不要被眼前的困难吓倒,不要让那些创伤成为放弃生命的借口,也不要对自己说"不可能"。总有一天你会发现,其实生活就是天堂。

  约翰·库缇斯有一句被人们尊为经典的名言:100次摔倒,可以101次站起来;1000次摔倒,可以1001次站起来。摔倒多少次没有关系,关键是最后你有没有站起来。一个被病痛折磨的无腿人都懂得珍惜生命,捍卫自己的梦想并为之奋斗,而我们这些被视作"天之骄子"的大学生应该更有机会做到!

(原载《青岛科技大学报》第586期)

熄灯一小时没那么简单

张建美

在今年 3 月 26 日 "地球一小时" 到来之前，网上随处可见对"地球一小时"文字、图片、视频的宣传。在人人网、新浪微博、腾讯空间也有对"地球一小时"的介绍和呼吁，似乎声势浩大。所以在 26 日 20：30 到来之前，我一直很期待这次熄灯计划。

当时针渐渐指向 20：30，我通过 QQ 对好友说："我们宿舍马上就会熄灯，以实际行动参加地球一小时活动。""希望你能适应黑暗的一小时。""难道你们不参加吗？"我好奇地敲击出这句话，眼看时间到了，仍未见好友回复，我只好先关了电脑，迎接这一"神圣时刻"的到来。

北京时间，20：30 整。看着对面宿舍楼的灯火通明，我们还是把自己宿舍的灯关掉了，屋子里顿时暗了下来，之前热热闹闹的说笑声也略显怪异。"太黑了，不习惯。"说完，一舍友随手把桌子上的台灯打开了。"真别扭，不方便。"另一舍友也抱着自己的手机开始看起了小说。虽说关掉了宿舍的灯，但是手机全亮着，电脑全开着，台灯也正工作着。

熄灯活动进行还不到半小时，宿舍的人就已经没有耐心。身处一个黑暗的环境中不但让人感觉精神压抑，而且总有一种不安全感，仿佛看不清的东西，就是人所不能控制的。人们不喜欢处在黑暗被动的环境下，而是希望什么事情都能看得见摸得着，实实在在，为自己所控。

本想着熄灯之后宿舍的人可以天南海北地瞎侃，你给我讲讲新疆的"雅丹地貌"魔鬼城，美不胜收的喀纳斯湖；我给你讲讲我见过的奇人异事，偶尔还可以八卦一下哪个男艺人最帅、哪个女艺人没整容……但是，这些也只是在强迫熄灯的情况下，没有电脑网络的情况下才发生的。

21:00点，挣扎了半小时，宿舍的灯还是亮起来了。

顺着宿舍的走廊望出去，对面宿舍楼只有两个房间是灭着灯的。走完这一层宿舍楼，64个房间也只有6个关掉了宿舍的灯，其中4个房间上面仍然贴着大一新生的入住资料。也许大一的同学彼此间还有很多可以聊得新鲜话题；也许她们宿舍的电脑、MP5配备率不是很高；或许她们对环保和公益还多一份虔诚和认真；也或许大二、大三的同学太忙了以至于对她们来说熄灯一小时的代价太大：我的报告还没有写完，怎么能熄灯呢？我的游戏还没玩够，怎么能熄灯呢？我的课外书看得正酣，怎么能熄灯呢？

德国社会学家马克思·韦伯曾经提出过一个著名的"囚笼社会"概念。大意就是指，我们所追求的社会愈加发达，人与人之间所面临的壁垒也就愈多，因此，沟通起来也就越困难，也就愈难在某些事情上步调一致。

"熄灯一小时，世界将因你而改变。"这句话说起来容易，做起来难。我们喜欢把改变世界放在嘴边，实际上，最难改变的还是自己。熄灯一小时，这件事看起来很简单，可结果呢？

熄灯一小时，真的没那么简单。

（原载《青岛科技大学报》第596期）

同学，别被手机"绑架"

杨大畏

一个同学曾经玩笑般的问过我："上课要带什么？"

"当然是教材、笔记，还有……"

"错了，什么都可以忘，就是不能忘带手机。"朋友打断了我的话，留下了一脸错愕的我。

的确如此，当你走进教室，就很容易发现玩手机的同学远比听老师讲课的多。原本安静的教室里"沙沙沙"的写字声，被"啪啪啪"的手机按键声和"滴滴滴"的QQ蜂鸣声取代。

不只是上课，细心的同学可能已经发现，不管是在食堂吃饭，还是坐公交车，即便是开会，那种"啪啪啪"的按键声也无处不在，它已经渗透到我们生活的每一个环节。

我的一个同学每天都会用手机定闹钟，不是为了早早起床，而是为了提醒自己"收菜"。课堂上，他会低着头两眼死死地盯着手机。恩，他在看书，只不过是电子书，至于书的内容不言而喻。晚上呢，肯定是那"滴滴"的QQ消息声和"啪啪"的按键声伴着他入眠，这是他每天晚上的"必修课"。当然，这种"功课"一般都会做到晚上12点之后，有时甚至会熬到后半夜。后果，当然是眼睛近视度数加深、第二天早晨精神萎靡、上课精力不集中、考试成绩一塌糊涂。

我做了一个小调查。在受访的 12 个同学中,都有过用手机上网的经历。每个人每天使用手机的时间,从 1 小时到 6 小时不等。该结果会令人难以置信,手机抢走了我们一天中 1/3 的时间!

如此之多的时间浪费在手机上不能不让我们深思。随着生活水平的提高和科技的进步,手机已经不仅仅是一个便捷通讯工具,而是集短信、QQ 聊天、听歌、上网看新闻、在线视频、游戏等多项功能于一体的"掌上电脑"。

手机带给我们方便的同时,也在改变着我们的生活方式。就如同网瘾一样,许多同学患上了"手机依赖症"。每隔几分钟就会摸摸手机,看看 QQ 留言。如果手机没带在身边,就成了一种心病,坐卧不安。在我看来,这样的同学已经成为手机的"俘虏",而且身陷其中、不能自拔。

难道手机真的能占据我们全部的业余时间吗?我们每天除了玩手机,还能做些其他有意义的事情吗?我想,凡事要把握一个度。手机的存在固然是好的,但是当我们成为手机的俘虏时,手机就扮演了一个反面角色。

迷恋于"玩手机",实际上也是另一种形态的玩物丧志。被手机"绑架"的人,偷的"菜"多了,"吃菜"的时间反而少了。读的东西多了,真正精通的科目少了。网上闲聊的人多了,现实中可以推心置腹的人少了。仔细想来,正是因为进入大学之后,在宽松的课堂制度下许多同学放松了对自己的要求,才使得"手机依赖症"和网瘾一道乘虚而入,蚕食着我们的斗志,在悄无声息中改写着我们的未来;更为残酷的是,我们自己还充当着"帮凶"。

不要让自己被手机"绑架"!其实,我们完全可以管住自己,摆脱对手机的过度依赖,做回真正的自己。行动起来也很简单,那就是上课请关手机!

(原载《青岛科技大学报》第597期)

考研，走过才精彩

章 平

考研，一路走来，风雨兼程，时间将记忆淡化，但那份充实感仍在。

一年前，我走上了考研之路。一个人行走，一个人吃饭，一个人去图书馆，一个人住着偌大的宿舍。冷了，垫床被子；又冷了，再盖床被子；到最后，床上足足有五床被子，但依然会感觉冷，那是一种冷清的滋味。一个人感受寂寞，品味孤独，享受过程和结果，在付出之后获得的结果面前，寂寞、孤独也都不算什么了，只觉得那些都已经变成了一种意志的坚持，一种信念的支撑，一种精神的寄托，一种情感的归宿，一份心底的呐喊。

在通往希望的路上，我像一个挂着拐杖的盲人，在摸索中前进，即使看不到光明却依然在行走。我只知道，每走一步，就会离目标更进一步。

每天都要在寒冷的图书馆中坐上8个小时，一遍又一遍地演算，一篇又一篇地阅读。有时候实在不想学了，便拿本散文集来看看，抒情的文字溢出纸张，让身体倍感轻松。轻松之后，还是接着演算和阅读吧，让枯燥中显露绿色，让绿色继续被枯燥捆绑。

最可怕的不是冬日里的严寒，而是心情的起起伏伏。看着题目正确答案，我想过要放弃；看着同学们都找到了工作，而我却在感受孤独，我想过要放弃；看着远处的光线那么孱弱，我想过要放弃。很多同学最终临阵脱逃了，他们不是失败者，只是说这条路可能不是他们想要的，有更好的路在他们脚下。而支持我走下去的，源于生命中几个重要朋友的鼓励。每次烦躁了，可以找他们诉说。他们倾听、安慰，并给予我黑暗中的火种，让我重新燃烧。至真至淡的友情，得之我幸。

　　纠结的分数，让这样的等待备受煎熬，煎熬之后的喜悦才是真正意义上的喜悦。如果可以选择，我宁愿不要这样的喜悦。国家线出来的前一天，我买好了车票，准备第二天晚上坐车去杭州找工作。第二天下午，我在电脑面前等待，终于等来了国家线，我过了。看着同学们为我欢呼，而我心中平淡已胜喜悦。因为等待让我麻木，等待已经让我忘记要怎样去表达喜悦。静坐可能就是我表达喜悦的一种方式吧。

　　等待没有结束，而是刚刚开始。由于距离的原因，我不能到学校询问，只能通过电话和邮件，询问录取情况并联系导师。

　　终于我进复试了。复试那天,面试的老师把我团团围住，但我依然镇定，我知道急躁不会带来好的结果，我淡定地走出去了。

　　这样的复试结果让我不敢有太多的奢求。回到学校，我安静地写着自己的论文，在等待中憔悴，在失望中还憧憬着希望。人就是这样矛盾着。最终我通过了复试。

　　考研，走过才精彩！与同学们分享考研路上的心酸和曲折，是希望同学们能勇对风雨、迎接挑战。

（原载《青岛科技大学报》第602期）

致青春　致未来

齐　蕾

《致青春》火了。火得理所当然。

因为每个人都有可以怀念的青春，每个人都有想怀念的青春。尽管对影片褒贬不一，但仍然阻挡不了那些正经历青春、正怀念着青春的人蠢蠢欲动。青年节这天，票房已过4亿。在这批80、90后怀念青春的同时，也创造了华语片票房的奇迹。是赵薇借了青春的东风，还是青春通过《致青春》这部电影的方式得以怀念？这位承载着80、90后青春的偶像，以她独特的方式带领我们向逝去的青春挥手致意。

我也抵不住青春的诱惑，走进了电影院。故事开始的时候我一直在笑，故事快要结束的时候我一直在哭，走在回校的路上也曾一度想落泪。青春是道明媚的忧伤，一点也不假。一路咀嚼，一路思索，我总结出自己的关键词：青春、蜕变、怀念和未来。

电影未上映时，我已经拿到《致我们终将逝去的青春》这本书，可是我并没有读完这本书，总觉得内容平淡散乱，看了两章终究放弃。现在我突然明白，是自己习惯了小说故事固有的那种惊心动魄、环环相扣，当小说讲述现实时，不是所有人的青春都能够百转千回、闪耀辉煌，于是便觉得有些苍白。然而，可喜的是每个人都有权利经历青春的琐碎而后回味。

电影中的每个人物都拥有其独特的青春，经历着岁月历练的蜕变，享受着不同的结局,憧憬着莫测的未来。他们的一生何尝不是现实生活中许多人真实写照?不同的是电影中看得见开始,看得到结局,现实中看得见开始,猜不到未来。

性格大大咧咧的郑微,青春已过变得理性成熟;曾经天不怕地不怕的"玉面小飞龙"竟然也会说"不确定的话还不如不说";曾经强烈反感抽烟并有轻微洁癖的陈孝正竟也可以席地而坐口吐烟圈儿;曾经"高山安可仰,徒此揖清芬"的女神阮莞竟然为了一个不值得的男人香消玉殒;曾经不会因家境有任何难为情的女汉子朱小北也可以隐姓埋名;曾经一心想着青春就是要"待价而沽"的季维娟居然嫁给了一个50多岁的老男人;给大家带来无数欢乐的老张如果不是陈孝正,或许更悲惨;从未出现交集的赵开阳和曾毓两个人竟然组成了一个幸福的家庭……

当初郑微和陈孝正在一起时或许就是奔着那句"我们永远都在一起",却不想各自寻路;当阮莞陪那个姑娘去堕胎时估计也不会想到自己有一天竟然也会有人陪着来这里……戏中看得见的开始,看得到的结局,但不是每个结局都和预想的一样。无论你的青春是绚丽辉煌还是苍白平淡,却都在那个阶段拥有绽放的权利。不管你是国色天香的牡丹,还是端庄淡雅的百合,抑或是路边无人问津的野花,花期一过,都会凋落。只留下一句,青春是用来怀念的。曾经把酒高喊的青春永垂不朽,留下来的只是刻在墓碑上的一片苍凉。

致我们终将逝去的青春,或许也是导演赵薇给自己的一种告别方式,经历了年少成名的辉煌,给青春戴上了无上光环,同时也走过了"国旗风波",给青春砥砺了硌脚的砂石。起伏高低,当年还信誓旦旦说未曾考虑过结婚生孩子的全民偶像,蛰伏三年,如今嫁人生子,惊艳转型。看得见开始,猜不到结局的现实人生,在此向青春挥手致意。

青春总是会和"遗憾""伤痛""做了错误的选择"联系在一起。而回忆总是会美化事实,若干年后时过境迁,无论当初的所做所选造成了多大的创伤和遗憾,大多数人还是会说"青春是美好的"。人生没有如果,生活中会有很多的结局或许不是你想的,每个结局都是曾经的选择。放开心,迈开脚，大胆向前走，不后悔，不怀念。不是每个华丽的开始都会有一个完美的结束。因此，每一个期待的结果都需要一段痛苦的坚持。所谓的痛苦也会在一咬牙的瞬间而过去，加油、结果只一念之差。

致我们终将逝去的青春。青春就是一场盛宴，总有散席的那一天。届时，青春是用来怀念的。

致我们终将上演的未来。未来就是一段磨炼，总在变迁中不断呈现。此刻未来是需要铺就的。

（原载《青岛科技大学报》第663期）

同学,你浮躁了吗?

王先津

在一教 302 上自习,我随便找了个靠门的座位坐下,刚准备看书,只听见门外高跟鞋急促的声音,突然门被很大的力推开。门惯性开合了几下,发出吱吱的响声。穿高跟鞋的女生头也不回地径直向后排走去,和着高跟鞋有节奏地敲打着地板的声音。我开始看书,自习室里不断有进出接电话和上厕所的同学,门就这样每隔两三分钟都会被推开又关上,不停地发出响声。

自习室中充满了一种浮躁感,手机的铃声、QQ 信息的声音让原本应该寂静的教室"蠢蠢欲动"。我下意识地观察了在上自习的同学:有的在玩手机收发短信、聊天,有的在听音乐,还有情侣在嬉笑打骂……

我们每个人都看到过这种现象,甚至都习以为常,最多是带着厌烦的语气加以制止,抱怨几句,但是我们有没有想过:这种现象说明了什么?产生这种现象的根源在哪里?

我们都体会过从高中进入大学后生活和学习环境发生的巨大转变。大学不再像高中那样,学习成绩决定一切。在大学里,课程没有那么满,作业没有那么多,学习也没那么紧张,大量时间可以自由支配。突然间的巨大转变让我们不知所措,所以很多大学生就会放松下来,懈怠学习,甚至推崇"读书无用论"。曾经我们憧憬大学生活的美好梦想现在都变成了现实。

我们依然保留着理想的种子,但已经不知道把它种在什么地方,怎样去培养了。心生浮躁焦虑,一连串负面消极的连锁反应导致大学生浮躁的不良心态。

浮躁是不踏实、急于求成和焦躁不安心理的综合表现。推崇"读书无用论"的同学认为:现在学习的知识已经过时,对自己以后工作没有什么用处。他们就按照自己的认知去思考应该怎么做才能达到预期的目标,慢慢地产生一种急功近利的心理。但是,他们有没有仔细分析过:既然大学学习的这些知识没有价值,为什么还要开设相应的课程?举个简单的例子,学过有机化学的同学都知道,在学习中,我们必须去分析理解有机反应复杂的反应机理,以及相对应的理论。有同学就会说,考试不考,在做实验时得到与现象相符的结果就行了,不用这么麻烦地推理分析。实验为了得到理论,理论为了更好地解释现象、指导实验。学习的知识不是没有用,而是学习往往都是浅尝辄止,对知识没有深入的思考,更没有抓住事物的本质与主要矛盾,只做表面功夫。这样下去,以后在工作中遇到问题,根本想不到运用学过的知识解决问题。

到那时候,还能轻易地下结论说所学的知识没有用吗?我们都被自己的思维模式蒙骗了。按照我们一贯的思维模式,储备的知识没有及时得到运用就是没用,久而久之就忽视了知识的积累,一味地追求立竿见影的速成方法。没有时间的累积、反复的思考琢磨,就像没有打好地基的高楼,表面的高耸不会长久。

大学生的浮躁不仅仅体现在"读书无用论"上,还体现在陷入一种状态中走不出来。

我听到过一位德高望重、卓有成绩的教授这样感叹:现在大学生宁愿牺牲自己上课的时间,也毫不犹豫地去办辅导员交代的事情。我并不是不支持辅导员的工作,辅导员无论做什么工作,最终目的就是希望学生通过上大学找到人生目标、实现人生价值,而同学这样的做法无疑与此背道而驰。我身边有个同学在社团工作,很优秀,大小活动举办得很出色,待人处事游刃有余;任社团会长之后就更加忙碌,课后处理一大堆的事务,课上还在发短信指挥社团的活动，一节完整的课都没有认真听过。首先必须承认，所有的付出都会有收获。我不去评价这种做法的对错，单从这种状态分析，他们似乎并不思考做这种事情的价值，以及相同时间里做其他事情的价值，而是让这种忙碌的状态满足内心的成就感，填平空虚的内心。目前许多大学生表面的浮躁现象被这种忙碌的状态所代替，而又往往从这种状态中走不出来，把它视为大学生活的全部，重心完全偏离初衷。

  有的同学停下来就感到无限迷茫，忙起来又走不出来，难免顾此失彼。当夜深人静，一个人思考时，又会觉得自己得到的远远弥补不了失去的东西，无疑是本末倒置，在这巨大的心理压力下不知所措，潜伏的浮躁一发而不可收拾，可谓是痼疾难除。事实上，永远沉浸在一种状态不愿意走出来，其实也是在逃避一些自己明明已经看清楚的现实，也从另一个侧面反映了现在大学生的无法平静的内心世界。

  从对大学生心理的分析结果可以看出，现在大学生的浮躁、焦虑是一种普遍现象。浮躁的心性，让现在的大学生得过且过，或是整天打游戏、熬夜聊天，或是沉浸在网络虚拟的世界浪费大好青春，抑或是只为一种存在的充实感漫无目的地忙碌，这都说明大学生心智的不成熟与没有目标。

  所以归根结底，浮躁的心理很大一部分原因是没有认清自己，更没有规划未来，根本没有详细地分析自己现在所处的状态。要想克服这种浮躁，应该好好思考一下自己毕业后想要什么样的生活，希望5年后的自己变成什么样子，10年、20年后自己又是什么样子，要想达到自己的目标，现在在大学中应该做什么样的准备。想想这些，给自己定个高度，并全力以赴地为之奋斗，不要给自己的大学留下空洞的回忆与满腹的遗憾。总之，要静下心来，管理好自己的时间，踏踏实实做好已经计划好的事情，戒骄戒躁，过好大学四年的每一天。

（原载《青岛科技大学报》第666期）

莫狭隘了青春、否定了自己

韩 滕

近日，网上一段关于"青春是什么"的视频引起网友的热议。视频中男子称"只有长得好看的才有青春，像我们这种就只剩下大学了"。看似存在偏见的回答，却道出了大多数人的心声，揭开了大多数人尚未痊愈的伤疤。如果说长得好看更容易登上炫丽的舞台，而相貌平平的人望而却步，徒留羡慕的眼光和无奈的感叹，那么我们就给青春下了一个狭隘的定义，否定了自己。毕竟，《致青春》里所勾勒的青春、描绘的爱情，并不是大多数人所经历过的。大多数人的青春可能没有那种刻骨铭心的爱情和戏剧性的人生转变，与之相伴的可能只是午后那杯散发着浓香的茶，静静地看着砂绿的茶叶在沸水下挣开褚红的边，时光在双指轻敲中静静溜走，青春也就这样悄悄度过。没有厄运，没有奇遇。这样的青春却得不到一些人的认可。

青春不能被狭隘地镶在刻骨的爱情里，立在光亮的舞台上。外貌不能决定青春的质量，大学也不只是俊男靓女的舞台。人因为有了理想才区别于动物，青春因为有了理想才区别于平淡的流年。我们没有华丽的外表，没有唾手可得的权利和财富，但怀揣着理想的青春永远不会把我们抛弃。我们总是想以高傲的姿态俯视世界，自命不凡。但我们都是一堆沙砾中被日渐磨损的那一粒，它不会发光和跃迁，只是借助外力随波逐流下去，但总有一些沙砾的上空有颗闪闪发光的理想，日渐赐予沙砾不下沉的能量。有理想的青春是一段激情燃烧的岁月。如今不是扛枪的年代，我们没有机会把青春的热血洒在战场。作为青年我们也需要把青春奉献给社会，那里可以是实验室，去探索微观的世界；可以是书海，去畅游宏观的宇宙；可以是繁闹市井，去锤炼世事洞明，而非局限于爱情和舞台。因为理想而变得坚毅的青春，总会染上那层经久不变的绿。即使没有惊艳的外表，我们仍可以登上人生的舞台。为了理想而奋斗比获得一场爱情来得更为猛烈，这样的青春因为有了价值而不空虚。

　　或许只是一个单纯的理想支撑我们走过青春的每一个秋冬，即使最终没有获得饱满的果实，理想也会充当年少轻狂的后盾，串起时光的印记，蔓延至人生的黄昏。青春也因理想而平等，不管以怎样的方式度过青春，怀揣着不同理想的我们都有权利说"那些年，我有我青春"，而不是只剩下了大学。有所不同的是当我们回首时，不同的人留下了不同的回味，或唯美恬淡，或狂热躁动，或痛苦，或美好。它们总归是一份宝贵的力量，像涓涓细流源远流长。喜欢柴静的那段话："汗直往下流，逼着你没法磨叽和抒情，光脚踩在槐树底下，青砖地上冰镇着。从旁边水井里压一桶水上来，胳膊浸进去捞一把出来洗脸，一激灵的清凉，那几年就是这种盛夏才有的干燥明亮，之前青春里湿嗒嗒的劲一扫而空。"这是柴静的后青春，每一个触觉描写都透着那股子冲劲，不瞻前顾后，不左顾右盼，在渴望的驱使下头也不回地前进，干净利落。我们的青春里也没有只剩下大学，它像血液一样存在，我们能隔着生命的脉搏去感知它的涌动。青春就是青春，活着就是活着。决定青春深度和广度的权利掌握在自己手中，并不是狭隘到只剩下看得见摸得着的爱情和舞台，更多的是一些无形的力量、感受、印记。不要轻易否定自己，去创造属于自己的青春范儿，来致我们终将逝去的青春吧。

（原载《青岛科技大学报》第668期）

重拾汉字之美

唐可云

你还会写字吗？一条关于语文课笔顺的微博近日红遍了大江南北，该微博题为："'火'字该怎么写？"该微博不但引得80、90后纷纷检验自己的笔顺，许多语文老师和家长也上来凑热闹。"火"字引发的笔顺问题被讨论得十分火热。有人说，在科技日新月异的时代，拼音输入法导致人们提笔忘字。

随着手机、电脑的日渐普及，汉字书写脱离日常生活正在成为一种趋势，汉字书写水平下降已成为一个不争的事实。我们每天习惯于双手在键盘上敲出一个个汉字，但有一天，我们却突然提笔忘字，突然发现手写出来的汉字如此别扭。难道在当今这样一个节奏越来越快的信息时代里，书写真的离我们很遥远了吗？

笔者认为，可以从以下两个方面剖析这种现象产生的原因。汉字书写在20世纪快速滑向低谷，最直接的原因是两波"换笔潮"：一是由古代的毛笔被钢笔取代，逐渐又被圆珠笔、中性笔等利于快速书写的笔种所取代；二是手写向键盘输入方式的转变，悄悄改变了我们的书写传统。以往日常笔写之事被计算机取代，汉字书写的灵巧动作简化为两种简单垂直的操作：键盘上的"敲"，鼠标上的"点"。但是，新技术的冲击并不是导致当下汉字境遇的唯一原因。

另一个原因就是网络资源的便利使得更多人远离相对烦琐的手写。笔者看来，这亦是引发汉字之危最主要的原因。在撰写报告、求职申请、完成作业时，选择从网络上获取相关信息，从搜集信息到截取信息，到最终的定稿成文，都是通过电脑完成。在获取新知识新信息的这一渠道中，人们通过网络无形之中解决了很多问题，逐渐形成手下懒惰的毛病。尽管在图书馆、书店查阅资料可能更具权威性，但过程相对耗时。微信等的视频通讯功能将文字功能弱化，使人们的文字表达能力逐渐退化。过去盛行的写信传统，现在也成了一种奢侈。已经很少有人会通过写信这样一种方式，去书写和总结对于远方未知的渴望和追求。从另一角度讲，阅读电子书，在网络上浏览信息，人们的注意力多是集中在一种"快餐模式"的状态中，这种效率相对较低的方式，自然已被大多数人拒之门外。此外，因为"低碳"概念的引入，写字如此"奢侈"的事情，也为"汉字之危"现象的出现提供了借口。

据光明网近期开展的一项关于手写汉字的调查结果显示：有94.93%的人通过电话、短信、邮件等方式与他人取得联系，仅有5.07%的人通过书信、留言条等方式进行联系；85.29%的人认同全民汉字手写水平在下降；83%的人承认自己有提笔忘字的经历；74.2%的人表示在平时的工作和生活中手写机会不多。

汉字书写延伸出的问题，更多的是源于目前社会心态的浮躁。我们加快了前进的步伐，用高端数字产品代替"手工"操作，迈向高速发展的科技时代。曾几何时，写一手漂亮汉字是令人无比羡慕的技能。如今，当不少人写不出"尴尬"二字时,中国人的汉字书写能力正遭遇前所未有的尴尬。笔者认为：这一问题必须得到妥善解决。

目前，有部分高中开展书法课，但主要是出于学生应试时的卷面整洁考虑。而走出校园，汉字书写问题依旧堪忧。作为中国传统文化基础内容，书写汉字之美不是仅仅用一种功利的心态就能速成的，它需要我们从内心去重视和感受。

河南省书画学会主席刘尚忠指出：倘若大部分中国人都不再会书写汉

字,将是以汉字为基础的中国文化的重大缺失。针对目前汉字书写存在的问题,有专家呼吁将书写规范列为小学必修课。"写字、练字的使命在学校里就该完成,因此学校要重视这方面的教育,尤其是大学生,无论是作业、笔记都应该手写,少用电脑。"书画学会副主席葛臣说。

笔者认为:大学期间,我们依然要注重汉字书写方面的训练,并将书写作为一种情怀。在书写汉字时缺少对于汉字的尊敬和执着,才是我们疏远汉字的真正原因。试想一下,如果对汉字文化没有敬意,即使为其开展了书法课,即使有人滔滔不绝地讲述汉字的重要性,所进行的书法教育想必也不会有质的改变。

所以,正如郑州大学书画院院长翟本宽所认为的那样:重拾汉字之美,仅仅依靠感慨和呼吁或是一两条无法施行的法令是不够的,必须让能写一手好字重新成为实用追求,甚至让手书汉字不仅成为一项技能,更加成为一种普遍认同的美的享受。这就如同现代社会节奏再快,也挡不住大家坐下来慢慢喝杯茶的兴致一样。

(原载《青岛科技大学报》第669期)

等 待

杨丽萍

等待,一个辛酸中透着期待的词。

夜半无声时,黑暗蚕食着无眠等待的人们。这些无眠等待的人中是不是有个你?有时是不是觉得等待这个词让你惶恐,但又同样让你充满希望?至今犹记,去年某君在等待高考录取通知书的那一刻成为惶恐与希望的矛盾体。那等待的过程是幸福的还是痛苦的?

偷得半日闲散时,轻啜一口香茗,涩涩的……难道这就是等待的感觉吗?有一次我问朋友等待是什么感觉,朋友告诉我:"你妈妈肯定明白等待的感觉。"我眼里闪着疑惑的星星问:"为什么呢?""妈妈怀胎十月,从第一个月时她就期待着;当十个月的等待结束后,妈妈又开始等待听到孩子叫的第一声'妈妈',开始等待着襁褓中的宝贝可以天天快乐地奔跑……"我蓦然醒悟了,是不是从我踏上远离家乡的火车的那一刻,妈妈就开始等待着我回家呢?

有一次陪某君去看一部爱情电影《分手合约》,电影在高潮时我悄悄对某君说出了我猜的电影结局,他不信,结果是我说对了。虽然电影结局令人很失望,但男女主角等待的过程是值得令人回味的。或许只能用辛酸和期待来进行总结吧。爱情中的等待是这样的滋味吗?每天晚上看到舍友等待异地的男朋友的电话,电视新闻里妻子每天等待在外打工的丈夫回家,我想或许这就是爱情中等待的滋味——在我伸出手的时候，不管会有多久，不管多么辛酸，我依旧保持着那一种姿势，期待当你来到我身边时，我们指尖相碰。

若没有了等待，亲情与爱情夹在阴阳两面，是不是既没了辛酸也没了期待？是解脱？还是思念如藤，缠绕你的咽喉不能呼吸？我是一个古典主义者，对宋词更是有一份不知名的执着。我认为结为夫妻的爱人之间既有"死生契阔，与子成说"的爱情，又有"执子之手，与子偕老"的亲情。苏东坡有词云："十年生死两茫茫。不思量，自难忘。千里孤坟，无处话凄凉。纵使相逢应不识，尘满面，鬓如霜。夜来幽梦忽还乡。小轩窗，正梳妆。相顾无言，唯有泪千行。料得年年肠断处，明月夜，短松冈。"每每读到这首词都有一种莫名的心疼。曾经不知道我是在心疼苏东坡对他妻子的深挚情感，还是心疼他连等待的资格都没有了。现在，我想后者多一些吧。当看尽潮起潮落，伊人却早已不在，顿生一种说不出的凄凉，或许唯有"夜来幽梦"才能温暖早已荒芜的心。原来就算亲情与爱情夹在阴阳两面，依旧会有等待，等待月光下唯美的"夜来幽梦"。

等待，如一首凄美的歌，那哀伤的声音又像一双无形的手，一刻不歇地揉搓着那等待的心，让心始终保持着这种褶皱，让辛酸与期待蔓延开来，不得舒展，但依旧让我们甘之如饴……

（原载《青岛技大学报》678期）

时间的灰

李相博

"我站在时间的断崖上,看着浮世的繁华与寂寞。它们变化、迁徙、消逝,是最无常的咏叹,最不能形容的辞藻。我看着世间不胜凄凉却又磅礴壮丽的一切过往。一切恍似幻觉。爱也好,恨也好,都只是烟花一场。"

公子羽的影评,如同一场烟花,瞬间见证那短暂的繁华。初见这样的文字,便喜欢,只觉得好,却也说不出如何好。仿佛胡兰成见了张爱玲时惊艳的感慨:"我时常以为很懂得什么叫惊艳,遇到真事,却艳亦不是那艳法,惊亦不是那惊法。"

之前我只晓得影评是就影而评,亦不知道影虽是那个影,评亦不是那个评法。

比如,他评周星驰的《大内密探》,偏偏写《有种浪漫叫面条》,拿刘嘉玲的台词"你饿不饿,我煮碗面给你吃"大作文章。一碗简简单单的青菜鸡蛋面便是一个可以一直快乐幸福下去的理由,便是一种可以为之感动的浪漫。比如,王家卫的《旺角卡门》,在他的眼中成了一个关于杯子的爱情故事,"反反复复握不住那个杯子,"他说,"生命就是一个易碎的杯子,爱情何尝不是被盛在杯子里的水,有的甜,有的苦。"而《向左走向右走》,则被他解读为前世500次的回眸,城市男女的擦身而过,只是因为少了那一次的回头相望。类似的,电影《玉观音》变成了一则"时间错了"的说明,

"当我们回过来看很多事情的时候，时间错了，是最好的解释。"

这样一本书，或许是夜深人静时的最佳读本。在他的文字里，没有对剧情结构的生硬分析，也很少见对剧中人物内心的大段解读，有的好像只是一种情绪，一种诉说和回忆的情绪，只不过这些都与电影和电影人物有关罢了，而且公子羽本身似乎也痴迷于这种状态。在他"时间的灰"的博客上，他这样写道："我打算记录下这一切，只因为在此时或彼时，在此地或彼地，曾经有一个故事让我泪流满面，有一句台词让我刻骨铭心。那些声音与画面里，有青春的迷惘，有爱欲的纠葛，有往事的憔悴，有无法触及的忧伤。"

于是，书中便有了"一半是警察一半是混混"的刘德华、"中国病人"梁朝伟、布拉德·皮特电影中"性感的野兽"、"魅惑人间的男人"木村拓哉、"天蝎与蝴蝶"的费雯丽，甚至隐于李小龙电影岁月中的苗可凤。很多人看不懂的《东邪西毒》，他用了《一个人的东邪西毒》和《时间的灰》两篇文章解读。前者分别引用了黄药师、欧阳锋、洪七、盲剑客的经典对白并对他们的性格予以分析；后者则把目光投向了那些孤独身影背后的女人，他说那个叫桃花的女人，"耗尽这一生的光阴，原来到最后等来的都是灰烬"。

"是什么把时间烧灭、化成一堆黯然的灰？——是时间。"

"是什么把时间记录、刻下一生痴绝的爱？——是电影。"

他觉得所有阅读这些喧哗与寂寞文字的人，那些也曾迷恋这俗世光影的人，终究就像白桦林里的树，沉默、萧条，却因彼此守望而不再孤独。

"一些故事，当我们开始述说，其实就已经落幕。"公子羽说。

时间的灰，让你重燃那些有关电影的记忆，再一次沉醉在那些如歌的诉说中。

（原载《青岛科技大学报》第523期）

《潜伏》之外

华 东

"敌特"题材最近真的很泛滥,不过《潜伏》这部片子还是恰如其分地开拓了一片自己的疆土。《潜伏》不是靠强劲的宣传攻势火起来的,而是靠网络上"口口相传"走红的,个性突破成为其制胜的撒手锏。

姚晨、孙红雷较劲,给《潜伏》增添了以往谍战剧鲜有的喜剧元素,而另一边,军统天津站的内部明争暗斗、此消彼长的关系中,同样不乏讽刺与黑色幽默。《潜伏》的另一大看点则在于它并不单纯是一部谍战剧,很多人在其中看到了"官场哲学"。

如果拿掉敌我对抗的历史背景,国民党军统天津站就是个典型的官场缩影。站长吴敬中老谋深算,该精明的时候绝不犯傻,该贪的时候绝不手软,空出一个副站长的职位坐山观虎斗,在几位下属面前他恩威并施,收放有度,还和蔼可亲。

马遥不能说不能干,李涯不能说不能干,但他们干的都是分内的工作,哪怕做得再好,也仅仅是本职工作突出而已。而余则成的本职工作(电讯室主任)有多少起色,剧中并无表现,但仅仅因为抓到了一个贪污分子,便迅速得到了提升。为什么?因为他做对了,做得让吴敬中对上有面子,做得让郑介民对上有面子。

按导演的设计,余则成和李涯对信仰同样坚贞,只是两人的立场不同。

李涯和余则成一样视金钱为粪土，有信仰，有能力，忠于职守，不计个人得失。李涯看不惯贪腐丑恶，不会钻营，废寝忘食地工作，也不讨领导欢心。他苦闷，因为周围都是混饭谋私利的家伙，他觉得自己比他们高级。他嗅觉灵敏，咬上了余则成，但就是屡战屡败。他的精力大多用在和身边的同事斗法上了，不管是否愿意，这种内耗他无法摆脱，勾心斗角他也无法避免。李涯的理想是为了孩子们能过上好日子。理想并没有错，只是他看不清大势，逆流而动，"大厦将倾"，英雄不是他，他是旧时代的陪葬品。

吴敬中有点像官场上的哲学家，他时不时地对现实进行一些反思。在他看来，其实只有一条：唯我独尊。正是这条规则，主导了电视剧中天津站的潮流，而余则成正是敏锐地把握了这一条，才能顺利地化险为夷，才能巧妙地设下一个又一个陷阱，让对手一个个地死无葬身之地。

对于生长在和平年代的人来说，《潜伏》时代距离我们十分遥远，但通过这样的电视剧却能够让人了解我们的前辈是怎样为战争、为新中国的成立付出代价，也能够感受到这份来之不易的幸福。

而作为观众，好剧过后，赞赏之余，更多的是隐约的失落和理所当然的贪婪。失落是因为舍不得一部好剧的结束，舍不得放手；贪婪是希望能通过此剧有所收获。在笔者看来，这部优秀的电视剧里不全是"厚黑学"，而是有很多正面的内容值得理解和学习。

我听说许多白领人士把剧中的计谋和现实生活一一对应。如果大家在《潜伏》中看到的是尔虞我诈，那么这样"入戏"是不利于职场生存的。如果大家从这部剧里看到信仰的可贵、感情的珍贵那固然好，但从目前反馈来看，有一些人可是有点儿学杂了。曾有一句话叫"少不看西游，老不看三国"。看《潜伏》也是一样，如果年轻人将剧中的计谋搬到职场，那负面影响会更大。

在笔者看来，《潜伏》之所以有"人缘"，就是因为它真实地反映了社会中的现象，但不应把它和现实生活相对应。

（原载《青岛科技大学报》第524期）

傅老大的幸福法则

石蓬波

看了范伟主演的电视剧《老大的幸福》，心中颇多感慨。影片讲的不只是一个有情人未成眷属的凄美爱情故事，它对生活的法则和意义都进行了深入的探讨，教会了我们更好地生活。

有人说：生活，是一部大百科全书，包罗万象；生活，是一把六弦琴，能弹奏出多重美妙的旋律；生活，是一座飞马牌大钟，上紧发条，便会使人获得浓缩的生命。是的，生活就是这么纷繁复杂。每个人对幸福的定义都是不同的。每个人都会沿着对幸福的定义这条轴线去追寻生命的真谛。

傅老大教会了我什么才是真正的幸福：幸福便是活着，活着就是幸福；幸福不在于物质的享受，而在于有个人在等你；幸福就是要乐观向上地生活；幸福在于知足常乐。

傅老大的生活看似一场悲剧：不体面的修脚职业，不幸福的婚姻，不健康的干儿子……然而，他却觉得十分幸福，用他的话说，就是"从出生到现在，幸福一直没离开过我"。艰难困苦，玉汝于成，他用辛苦支撑起了让顺城百姓都感到骄傲的弟弟妹妹的幸福；大爱无边，情操高洁，他救起梅好母子，面对外部的猜测，他用真诚感化生活；知足常乐，度量宽大，即使在二弟公司，king跟他开不善意的玩笑，他也以德报怨；笑口常开，热情真挚，老大发明了"傅老大保健操"，虽然看似搞笑，但内容上追求快乐和谐；做人笃诚，不计前嫌，即使是美好姻缘被弟弟妹妹们拆散，即使小赵做法气人，他都平静机智地应对，并给予教导。老大用实际行动诠释着付出本身就是一种幸福。

世间就是有这样一种人，不刻意追求生活的宽度，尽量延伸着生活本身的长度。

相比之下，他的弟弟妹妹们看似风光，却一直在奔波，为权，为利，为名。在他们眼里追求物质和利益成为生存的理由。二弟傅吉安眼中有的只是事业，无论在公司还是在家，他都是老板；三弟为工作而劳累；四弟为买大房子而玩命演戏；小五吉平一直不懂真爱的意义，太在乎物质利益。他们都为自己认定的幸福付出了沉重代价：老二破产，老三夫妻经常吵架，老四差点没了自己亲骨肉，小五被夏总抛弃。种种事实表明：做人比做事重要，生活的真谛不在于无休止的追求，而在于知足常乐。

"东边日出西边雨，道是无情却有情。"生命真正的美应该只是一种真实、自然与宽容的生活态度而已。

电视剧中最令人遗憾的是傅老大跟梅好的爱情没能修成正果。现实生活跟他们开了一个玩笑，玩笑中是撕心裂肺的痛苦。最令人难忘的是电视的最后一幕：老大领着乐乐走在去车站的路上，一起唱着老大自编的幸福歌，一路行走，一路欢笑，最后只剩下一高一矮的背影。这短短一幕中，或者说老大与乐乐的欢笑中包含了太多的东西——浓浓的亲情、积极乐观的生活态度、不向困难屈服的勇气……

普希金说：假如生活欺骗了你，不要忧郁，也不要愤慨！不顺心的时候暂且容忍。相信吧，快乐的日子就会到来。傅老大虽然普通甚至愚笨，却深谙生存法则和生活之道——快乐才是生命的源泉！

在当今这个物欲横流、极易迷失自我的社会，我们需要这样乐观积极的生活态度，知足常乐未尝不是一种好的活法，也许生命的意义便在于此。

（原载《青岛科技大学报》第622期）

1900与远方

许 红

《海上钢琴师》，讲述了主人公1900在"维吉尼亚"号上度过一生的故事。1900有惊人的钢琴天赋，但1900从没有下过船。

在船上，他随心所欲地弹着三角钢琴，不顾钢琴在暴风雨里摇摇晃晃的船舱中四处滑行，陶醉从容；在船上，他和乐队表演钢琴，听过他演奏的人，都被深深打动；在船上，他和慕名而来的钢琴手斗琴，钢琴手最后自叹不如，黯然离去。

"维吉尼亚"号和钢琴便是1900生活的全部。名利和金钱不能诱使他下船，爱情也没有。1900把对女孩的爱流淌在华丽的琴键上。或许在爱情的情节里，只有丝丝的悲伤，才能最触动人心底的感情之弦。终于有一天，他提上行李箱，和船上的好友拥别，走下那连接"维吉尼亚"号与陆地的阶梯。然而，追逐爱情的脚步却戛然而止，他停在了那条长长的阶梯中间，竭力地看向远方，又毅然回到船上，以自己最爱的方式做最真的自己。

"并不是我所看到的让我停下了脚步，让我停下脚步的是我所没有看到的。"1900对他的好朋友麦克斯说。"钢琴一共有88个键，没有无限的因素在里面，你才是那个无限因素的主导。在那些琴键上，你演奏出来的音乐才有千变万化。我喜欢这样，我只能过这样的生活。你把我弄到那个跳板上，然后你突然在我面前扔了一个上面有着万千琴键的键盘。这就是我不能下船的原因。"

弃婴1900被丹尼收养，丹尼又被意外攫去生命。"维吉尼亚"号和钢琴就是1900的生命。那样缺乏安全感的童年经历给了1900对未知的巨大恐惧。所以，他还是选择了属于他自己的生活，浑然天成的音乐，海天相接的窗外。直到有一天，他和"维吉尼亚"号一起魂归大海。神秘诱人的远方，从此飘然而去。

那么你呢？你的"维吉尼亚"号，你的远方。

也许你在故乡的田间小路上，听虫鸣；也许你在学校的操场上，看星星；也许你在你的卧室里，看电影。你的心里，是不是也放着一个远方？

你想独自去旅行，看看远方的风景；你想去游山，让毛孔呼吸山风的清凉；你想去赶海，去听海螺讲大海和风的故事；你想去大漠，骑骆驼，寻找罗布泊的传说；你想去森林，看大榕树洞里是不是住了一个老灵魂。或许你没有那么宏伟的设想，只想自己出去走走。在车站，人来人往，你知道这里和家乡哪里不一样；在江南的某个小镇，想念远方的姑娘，却又记不清她的模样；在车厢，遇见一个和你一样出来走走的人，笑得和你一样阳光，长谈之后又各自走在自己的路上。你想旅行在远方，邂逅一个更好的自己，也让自己欣赏。

你想唱歌，唱给全世界听；你想写诗，寄给他读；你想过另一种生活，活给自己看。可你怕世界太大，感动不了；你怕他太愚钝，理解不到；你怕自己太懦弱，到不了远方，改变不了多少。

如果是这样，给你安全感的"维吉尼亚"号永远驶不到你心里的远方。

"倘若我下船，去陆地上感受几年，我就会是正常的了，像其他人一样。然后或许有一天，我会到海岸边去，仰望大海，瞧瞧它的样子，然后聆听大海的咆哮。你会来看我吧，麦克斯，去陆地上我的家。"

"当然，我去看你的时候，你要向我介绍你孩子的母亲，还要邀请我和你们一起共进星期日的晚餐。我会带些甜点外加一些酒，然后你就会对我说用不着这么客气。当你带着我参观你所建的像船一样的房子的时候，你妻子在为大家烤火鸡，我会夸赞她的厨艺，她会对我说，你总会对她提起有关于我的事。" 1900和麦克斯曾经充满憧憬地这样说。

自由女神像若隐若现，指向纽约上空的雾霭。

"或美或丑，对你而言，远方仍是有力的挑战，你去吗？"

（原载《青岛科技大学报》第639期）

"慢下来"的哲学

张有义

复旦大学中文系教授王安忆在给复旦大学研究生的毕业致辞中,劝告毕业生"不要尽想着有用""不要过于追求效率""不要急于加入竞争"。她提出的这三个"嘱咐",引发社会关注和热议。《中国青年报》社会调查中心通过对 3705 人进行在线调查显示:61.1% 的受访者认为王安忆提出的三项"嘱咐"适合当下的年轻人。

王安忆的"三个嘱咐"是对传统主流价值坐标的调整,是反对"快"与倡导"慢"。如今,社会处于转型之际,人们迫不及待地向往成功,急切地想成为"成功人士",追求金钱、地位、名声的"快"成为大多数年轻人的价值定位。

从小时候接受的应试教育到踏入社会走向职场,这种"快"的观念牢牢占据着我们的头脑。绝大多数人认为,只有快才能成功,才能住别墅、开跑车、拎名包、日进斗金……终于,"快"文化日渐成为国民性格的一部分。为了追求这种"快"甚至不择手段,效率、成功、竞争成为年轻人的共识。于是,有了"学为人师,行为世范"的北师大教授的"40 岁之前,没有4000 万不要来见我"的狂言,于是有了"宁在宝马车里哭,也不在自行车上笑"的拜金女马诺,于是有了广泛存在的"成功学大师"和蔚为大观的"成功学"产业。

除此之外，对个人身份的焦虑也助长了这种"快"观念的蔓延与疯长。网上流传着一句话：世界上存在着两种人，一种是看别人生活；另一种是为别人而活。从小我们就被灌输成为"人上人"的理念，孰知，这种观念并非心甘情愿。于是，越来越多的年轻人只知道别人对他们的期许，却从不知道自己真正想要的是什么。媒体广泛报道的天才少年张炘炀，便是其中一例。2005年，10岁的张炘炀便考入天津工程师范学院，成为全国年龄最小的大学生。2008夏天，13岁的张炘炀通过北工大硕士研究生的复试，成为全国年龄最小的硕士研究生。2011年，张炘炀被北航录取为博士生，而他仅有16岁。从10岁读大学起，张炘炀就一直被称为"神童""天才少年"，可是在接受媒体采访时却谈道："父母强加梦想于我身。"由此看来，张炘炀俨然失去了自己的梦想而成为其父母实现自己梦想的机器。正是张炘炀父母的这种"快"，扼杀了张炘炀真实的"慢"。

如今，年轻人在社会大变化之际，希望迅速成功、成名，陶醉在这种"快"的浪潮之中，却忽视了我们本身需要的"慢"，忽视了深谙自我、寻我所爱的人生哲学。若年轻人一味追求物质和效率、追求竞争之"快"，无法耐心聆听过程之美，必将扭曲价值坐标，对社会和个人均无益处。所以，现阶段的年轻人，在"快"的喧闹声中，平心静气地接受"慢下来"的哲学，一步一个脚印踏踏实实地走下去，一定可以收获不一样的人生。

（原载《青岛科技大学报》第642期）

《知青》：不仅是知青

张玉玲

6月10日下午，作家梁晓声应青岛出版集团邀请在青岛大剧院音乐厅举行了"青春如歌"梁晓声《知青》青岛见面会，而近日同名电视剧《知青》也在央视一套黄金时间震撼首播。

梁晓声的新作《知青》主要讲述了一群知识青年"上山下乡"成长经历，展现了他们在知青岁月中悲欢离合的故事，以知青们从城市到乡村的经历为题材，揭示了他们这个群体独特的人生思考和心路历程。

《知青》所讲述的故事始于20世纪60年代末，以中国知识青年"上山下乡"运动为历史背景。故事发生地横跨半个中国，从北大荒黑龙江生产建设兵团至陕北的"坡底村"。剧中塑造的人物很多，包括赵天亮、周萍、赵曙光、孙曼玲、齐勇等人为代表的知青群体，主要讲述了他们在知青岁月中那些悲欢离合的故事。而他们在自己的故事中不断洗礼、不断成长，由开始时的懵懂少年最终蜕变成了担当重任的共和国脊梁，并收获了真诚的友谊、纯洁的爱情，以及与父老乡亲之间的深厚情谊。

文艺作品不应该遮蔽历史、过滤历史。在小说《知青》中，梁晓声对于"大跃进""文革"等历史事件都有真实的描述。我们可以在荧屏上看到反映1949年以前中国历史的戏份，也能看到反映20世纪七八十年代以来改革开放的戏份，但是有关新中国成立初期所经历的"大跃进""文革"

等历史事件的文艺作品却非常少,因此,《知青》一书让读者深切感受到历史的真实性。

梁晓声耗时一年半创作的《知青》与以往的知青作品相比有很大的区别。首先,这部作品并不局限于反映某个特定地区知青的生活,而是延伸至东北、内蒙古、西北等更为广阔的空间。其次,梁晓声从思想性、历史性、真实性出发创作《知青》,全景式地展示出了中国知识青年"上山下乡"的宏大历史画卷。梁晓声表示,《知青》作品新元素的介入激发了他的创作激情,这也是时隔十余年之后他再次触碰"知青"题材作品的原因之一。

"我写的不仅是知青,而是写时代;我写《知青》不是写苦难史,而是让人们不要忘记共和国共同记忆的苦难部分。"在看电视剧的过程中,我们只看到了主人公张靖严、赵曙光等人的个人命运,这是比较狭隘的。我们应该结合当时的时代背景更好地理解"时代本身",理解在那个时代背景下演绎出的故事与一出出悲欢离合,因为《知青》不是苦情戏,更不是在重塑英雄。我们应该看到的是历史,看到最真实的东西,这也是作者在创造作品时努力达到的目标。

那一望无际的北大荒的麦子与大豆,那荒凉得让人心里发毛的大西北的贫瘠山梁土塬……《知青》里的这一切,非常真实地勾画出那个"上山下乡"热血青春的时代。《知青》在尊重并深刻理解那段历史的前提下,着力呈现这些对现实社会有着启迪意义的良好价值因素。面对集体利益和个人利益,如何正确地取舍;面对艰苦的磨炼,如何积极地承担;面对爱情的降临,如何真诚地迎接;面对生命的安危,如何无畏地选择……在对一代人的青春岁月进行缅怀的同时,《知青》也能给当今的年轻人带来深刻的启迪。

(原载《青岛科技大学报》第637期)

不再相识，却终生相伴

——观电影《归来》有感

马 洁

有的时候，爱不是相亲相爱一辈子，而是无声的陪伴。即使她不记得他。

影片改编自严歌苓的知名小说《陆犯焉识》，在"文革"的大背景下，讲述了被打成"右派"的陆焉识入狱之后归家的故事。在影片中，"红色娘子军"是从头到尾贯穿影片的线索。诠释"红色娘子军"这个角色，是热爱舞蹈的女儿丹丹的梦想。于是，为了自己当主角的梦想，她决定"大义灭亲"一次，阻止自己的父母在火车站见面，并且暴露了父亲陆焉识的行踪。一场"归来"的故事从此开始。

久久不能忘却在火车站的那场让人揪心不已的情感戏，这可谓是影片中的精华。"焉识，快跑！"当冯婉瑜用尽全身力气喊出这句话的时候，陆焉识却没有这样做；相反，他俩默契地朝着彼此所在的地方飞奔而去。也许此时此刻，见到彼此、拥抱彼此才是他们挣扎的奢求。但是，剧情发展总是曲折的，直到陆焉识被抓的那一刻他们都没有紧紧握住彼此的手。情急之下，冯婉瑜被推倒在地，头硬生生地磕向冰冷的地面。那绝望的眼神被巩俐演绎得淋漓尽致。

入狱20年后，陆焉识被无罪释放。本以为与妻子相见皆大欢喜，没想到因为当年火车站那一磕，妻子冯婉瑜竟然患上了疾病，见到他却不认识他。也许，那想不起来的面孔却是藏在心底最深处的。在此后的日子里，陆焉识就在他家对门的一个储藏屋内住了下来，每日每夜守在妻子门前。

冯婉瑜虽认不得陆焉识的脸，但她收到丈夫来信时的笑容表明她的内心还是深深爱着丈夫的。在信中，陆焉识提到他会在下个月5号回家，冯婉瑜一直铭记在心里，到了5号，就带上自己亲手制作的牌子去火车站接丈夫。

起初，陆焉识以为只要扮成自己刚从狱中释放的样子，也许妻子就能认出自己。可是当他朝她迎面走来时，妻子还是无视他，继续在人群中寻找"将要归来"的丈夫。冯婉瑜站在火车站出口，目不转睛地望着车站里面，直到空无一人，她才失望地转身离去。那一刻，陆焉识的心被伤得粉碎，望着明明那么熟悉却待他像陌生人的妻子，陆焉识老泪纵横。

一次，两次，三次……从那以后，每到本月5号，妻子冯婉瑜都会早起去火车站接丈夫。陆焉识则默默地跟在她的身后望着她，默默地保护着她，风雨无阻。若干年后的冬天，又到5号。陆焉识早早地起床，推着一辆人力车慢慢走到家门口。女儿丹丹扶着走路已经颤颤巍巍的母亲上了车，陆焉识细心地把被子盖到妻子腿上，帮她带上保暖的帽子。这个细微的场景表现出了陆焉识对妻子深深的爱。他就这样带着后座上的妻子到了火车站，举起写有"陆焉识"的牌子，陪着妻子一起等在火车站的出口。望着归来的人们，仿佛真的在等"陆焉识"这样一个人。影片就停留在了这充满浓浓情谊的一刻。在这意义非凡的火车站，两个人一齐经历了数十年的风风雨雨。在他们的内心深处，虽然不相识，但是爱却在心间。

爱，有时候就是这样，并不需要天长地久的誓言和永不改变的承诺，而往往是在无言的行动中折射出来的细节。

陆焉识，汝焉识，你还认识吗？倾听来自内心深处的叩问。

(原载《青岛科技大学报》第662期)

《蜗居》的启示

杨召奎

现在能够真正吸引观众的电视剧并不多。最近我看完了35集电视剧《蜗居》，并由此深深感受到理想与现实、爱情与现实、生活的热情和生活的目标之间的巨大差距。

这部剧主要反映的是在这个房价飙升的时代，都市青年人买房的心酸经历和作为都市房奴的真实生活，以及所引起的感情婚姻问题，这些都很值得我们大学生深思。

"一个女人扎根一个城市只需要一张车票，而一个男人扎根一个城市需要的是一座房子。"剧中的这句话说得真是非常深刻。"都市居，大不易"，能在大城市里买套房子，是年轻人的首要任务，对刚毕业的大学生尤其重要，也是他们最重的负担！

海萍似乎说出了很多人心里想说的话："每天一睁开眼，就有一连串数字蹦出来：房贷6000，吃穿用2500，人情往来600，交通费580，物业管理费340……这就是我活在这个城市的成本，这些数字逼得我一天都不敢懈怠。"可是，作为80后的大学毕业生，处在现在这个快速发展的社会阶段，靠自己的力量买套房子谈何容易啊！

我对剧中的一句台词颇有感触。海萍和她老公为了攒钱买房子天天吃挂面，她老公终于受不了了，大叫说："我再也不要吃挂面了，我要吃方便面!"听了这话,我不知道是该笑还是该哭,想想现在的我们,至少还是衣食无忧的,我们的校园生活还是很幸福的。

另外,剧中对于二奶、小三、情感、婚姻、官员腐败等问题也有较为深刻的剖析。海藻是大家讨论最多的人物,她最初只是因为姐姐海萍的房款而陷入和宋思明的暧昧关系之中。不知不觉的依赖、奢侈生活的腐蚀和诱惑,令她放弃了爱情的原则,挥霍了小贝的真诚,而选择了宋思明的权和钱。她得到了宋思明的爱和钱,可她却没有得到宋思明的义,宋思明始终没有娶她,没有与妻子离婚,最后他还对妻子说了这样一番话:"如果时光可以倒流,我会带着你们过另一种生活,不要太多的钱,每天去菜场斤斤计较,为发论文、评职称而与人争得面红耳赤,也为女儿考不上好学校而心焦。也许这样才是一种幸福的生活,而我以前并没有意识到……"海藻的结局很可怜,她失去了两个男人的爱。但我又替她高兴,毕竟宋思明和小贝都爱过她。似乎海藻什么都拥有,又似乎什么都没有。而腐败的宋思明最后死于车祸,也是罪有应得。

有人说,这是给80后看的戏。的确,看过之后,我可以想象到自己几年后会像海萍与苏淳一样艰辛地生活,为买房奔波忙碌。是啊,谁不希望有个没有贷款的房子,过一种没有压力的幸福生活呢!可是为什么我们的人生和梦想都要拴在一个房子上?为什么我们所有的努力、所有的期盼都仅仅是为了一处房子?这样的人生是不是太悲哀了?

作为在校大学生,我们还没有直面那残酷的房贷,我们还有时间对前途和未来作出深刻的思考。可是,剧中的大学毕业生正是我们几年后的缩影。当我们离开大学的那天,无疑还会直面残酷的社会,无疑会面对房子的压力,无疑会面对爱情的选择,无疑会感受到理想和现实的巨大差距。

我们不妨静下心来反思一下自己的大学生活:我们该如何度过自己今后的大学生活?如何调整自己的方向?该进行怎样的职业规划以应对那一系列的现实问题,增强自己的竞争力,为以后的事业打下良好的基础?或许这是我们看这部剧的意义所在。

(原载《青岛科技大学报》第546期)

钱小样的幸福

——《我的青春谁做主》观后感

范会刚

  方宇："我不帅，本事不大，挣钱不多，背一身债，还犯过错，你愿意嫁给我吗？"钱小样："愿意！"

  钱小样："我不漂亮，会点京剧、护理和速记，连累你为我背一身的债，还为我犯错，你愿意娶我吗？"方宇："愿意！"

  一气呵成地看完《我的青春谁做主》这部电视剧之后，我心中浮现出许多想法，而这些想法大多数难以名状，需要在有一定经历后再加以琢磨、沉思、体会方能显现出来。就如一个雕刻家面对一块大理石，心知完成的作品会有什么样的特质外貌，但整体形象又不是很清晰，只能从自己最熟悉的部分开始雕刻。

  剧中的钱小样被视为通过自己的奋斗收获幸福之人的一个代表。我被钱小样打动是在第十七集。钱小样在返回银川的列车上面对突然出现在面前的方宇，忍着眼泪说："我们不仅是自己的，你还有责任。"面对触手可及的与相爱的人一起生活的梦想，钱小样却选择了放弃，因为她明白此刻孰轻孰重。这一刻，先前疯疯癫癫、似傻如狂的钱小样突然变得可爱；这一刻，钱小样开始真正地成长。

曾经的钱小样，个性叛逆，做事不顾首尾；向往北京，向往自由，向往爱情。她为了个人生活痛快，可以搭乘陌生男子的便车从银川奔向北京，到了北京以一个不给母亲插话机会的电话完成这一套先斩后奏的伟大计划。正是这莽莽撞撞的性格铸造了她后来的错误，一个接一个的失败经历在她面前都显得那么微不足道。率直、干练、乐观的性格也正是她收获幸福的重要因素。

钱小样这样一个人物，也许正是即将踏上社会、苦苦追寻自己幸福的大学生的最好的参照者。幸福对于钱小样而言，曲折却不造作，一切水到渠成。例如，她非常乐观，在北京第一次应聘失败回到姥姥家时还不忘调侃地说："为了保护我的心灵,请不要追问细节。"失败后还能幽默自己一把，便有了让人怜惜、鼓励的理由，便成为下一次奋斗的起点。比如，她的坚强与坚持，"别人撞了南墙才回头，而我撞了也不回头，我要跨过去"；而她的责任感，在父亲因为自己对自由的斗争"捐躯"——高位截瘫的时候，面对父亲责问自己是否因此就放弃了自己的理想时，她说："我现在的理想就是照顾好你，帮你康复，最后让你站起来，我从来没有像现在这么充实过。"

在一番曲折之后，在错误面前，钱小样意识到了个性是多么微不足道。她也由此将自己的生命换了命题：理想不再只为自己，成就不再只凭功利，责任才是她最大的目标。她以弱小却坚忍的勇气支撑起父亲的生存，也感动了母亲，在平凡的生活中收获了原本就属于自己的幸福。在收获幸福的过程中，钱小样有过令人心跳的叛逆，经历过彷徨、挣扎、矛盾，犯过错误，铸过悔恨，但这一切其实正是获得幸福的必要条件。

"幸福就是跟我觉得最帅的蚂蚁，为别人眼里的小草，我们眼里的大树，一起努力奋斗。"钱小样说。

钱小样这样一个个性鲜明的角色，让我们知晓了幸福的来之不易，让我们学会如何去收获幸福。

（原载《青岛科技大学报》第547期）

青春究竟谁做主？

白营营

电视剧《我的青春谁做主》自播出以来深受学生喜爱，风靡校园。一句"我的青春我做主"也成了同学们经常喊的口号。电视剧讲述的是一群年轻人为了梦想、为了爱情不断奋斗的故事，同时又讲述他们以一种叛逆的性格与个性同父母"斗争"最终取得完全胜利的故事。这部电视剧之所以深受学生喜爱是因为它给我们这个年龄段的人一种共鸣——我们都有一种不撞南墙不回头的叛逆。受这部电视剧的影响，学生之中形成了一股"我做主"的风潮。可现实难道真是这样简单吗？做主"青春"，谈何容易！

的确，命运是掌握在自己的手中的。可是我们看看主人公钱小样的所作所为，她为了能留在北京而选择在火车站从爸爸妈妈身旁溜走，父亲试图阻止她，结果发生意外。这不能不说是钱小样自己"做主"酿成的后果。这样的"做主"方式难道可取吗？钱小样的头脑中充斥着"我的人生是由我决定的，父母再干涉我就逃跑，离家出走"的思想，可是她是否认真考虑过把这种想法付诸实现需要付出的代价呢？很多同学只看到电视剧大力宣扬的"我做主"的精神，却忽略了这部电视剧其实也在提醒我们对自己"做主"并非那么简单，而且"做主"也是要有限度的。

80、90后的我们提倡彰显个性，向往无拘束的自由，然而人不能仅仅为了自己活着，我们还应当为我们身边的人着想。做事情不能只是出于使自己开心的目的，做决定时也要为身边的人考虑，不应使亲人为自己的举动伤心难过，这是我们的责任也是义不容辞的义务。若是一味地追求个性的解放和自我的主张，不去顾及身边的亲人朋友，最终可能造成"冒天下之大不韪"的情形。就像不久前发生在包头市的一件惨案，16岁的花季少女为了领男孩回家住，竟然杀害自己的奶奶。此事引起了舆论的轩然大波，更引发了作为"年轻人"的思考。女孩的头脑中充斥着叛逆和"我做主"的思想，她在实施这种犯罪行为时没有考虑后果，没有想到亲手杀死的是辛辛苦苦把自己养大的奶奶。让自我冲昏头脑的年轻人，最终成为被人唾弃的"败类"。

我的青春到底谁做主？作为有旺盛活力的年轻人应当有自己独到的思想和做事情的方式，有自己个性化的处事方法。生命掌握在我们自己手中，理应由自己操控；面对生活和未来职业的选择，我们或多或少有自己的打算。可是，青春不是完全由我们自己的意愿决定的，我们身边的人和环境都时时刻刻影响着我们的一举一动。在做事情时，我们一定要深思熟虑，想想可能造成的后果，问问自己做这件事情是不是理智的，会不会对家人和朋友造成伤害。如果大家这样三思而后行，像见网友被害或陷入传销窝点这样的事情发生在大学生身上的概率定会大大减少。

（原载《青岛科技大学报》第547期）

中国和英国大学生活的不同之处

2009 汉语中级班 Iain Chalmers

我来中国留学快 9 个月了,对中国的教育体制有一些了解。和英国相比,关于体制和文化我觉得有一些明显的差别。

最明显的差别是学习时间。在中国的大学,学生早上 8 点上课,下午 5 点 30 分下课,晚上还有晚自习。而在英国的大学,学习时间很短。以我为例,我上大学学习政治的时候,每星期只上 4 个小时的课。理科的学生课多一些,但还是差很多。我们的作业也比较少,每学期一般只有 2~3 篇文章要写。我估计我 80% 的时间用在睡觉和休息上,15% 花在玩上面。而学习的时间只有 5%。我觉得中国学生学习的时间比休息的时间多。

出现这种差别的原因我觉得有两个方面——文化差异和学习压力。其他东亚国家也有比较长的学习时间,所以文化差异是产生这种差别的一个因素。此外,在中国如果你的成绩差,你多半找不到好的工作,你的生活可能会有点辛苦。而在英国即使成绩很一般,你也能找到工资比较高的工作;即使你找不到工作,政府也会给你补助,让你过得还可以,因此学习压力没有中国的大。在中国,学费是父母给的,所以中国学生要好好学习报答父母;但是在英国这样的情况很少,一般是学生自己贷款,所以父母的压力并不大。

另外很大的一个差别就是学习气氛。我感觉中国的大学学习气氛对学生学习有好处。在中国所有的学生都住在一起，一起上课，一起吃饭，同学之间的关系比英国友好。我在大学的时候，大家都住在外边，没有共同的食堂，上课的时间和地点也不同，只认识一些同班同学。这样的气氛对学习不利。

在中国我第一次上课的时候居然发现有上课铃。在英国大学都没有铃，上课的时间比较随便，没有太多学校的味道。英国的学生比较自由，住在外边可以做想做的事情。而中国学生必须住在宿舍，有固定熄灯时间。这样虽然对学习有益，但是对培养独立的生活能力不利。英国大学校园都有一个地方叫"学生会"，其实基本上就是酒吧，比图书馆大也比图书馆受欢迎。周末的时候很少学生学习，大部分学生去"学生会"或者外边的酒吧喝酒，但中国的校园很少有酒吧和聚会。

最后，中国教育方式跟英国也不同。在英国，文科的学习尤其注重个人观点和讨论。我学习政治的时候没有教材，应该自己去找资料。考试的时候我们写自己的想法，没有标准答案。在中国自己的想法不重要，像政治、历史和哲学的学习，主要是学习课本，然后记住那些知识点。我觉得这种方法不能加强理解。但是，我觉得中国的教学方法对理科的学习有好处，因为理科要求认真地学习。而在中国学习强度比较大，因此理科方面中国学生的水平比英国的高。我们可以看到国际数学比赛的成绩，中国学生一般成绩最好。

这些差别都告诉我们中国和英国的教育理念有很大差别。可以说，在中国大学学习是比较紧张的。学生休息和玩的时间少，学习时间多。学习是他们生活最重要部分。这样，既有好处也有坏处。也许中国学生应该有更多的时间自由支配，还有老师应该支持原创。英国的大学教育比中国宽松，这样对学生独立和个人发展有好处，而且对文科教育也有利，但是这样也有点随便，很多学生学得不努力。中英两国可以相互借鉴，了解他们优点和缺点。只有这样才能知道应该怎么进步。

（原载《青岛科技大学报》第552期）

纯美的山楂树

陈 艳

"我不能等你一年零一个月了,我也不能等你到25岁了,但我会等你一辈子……"

好久没有为一个爱情故事如此感动了。张艺谋的新片《山楂树之恋》,看完之后心里暖暖的、酸酸的。在现在这个物欲横流的社会,很难找到像这样一段纯美的爱情故事了。看完《山楂树之恋》后,所有的男人都想娶静秋,所有的女人都想嫁老三,到结尾,所有的中国人掩面而泣。"我不能等你一年零一个月了,我也不能等你到25岁了,但我会等你一辈子……"至此,我们不禁要问:为什么经典的爱情故事非得要以悲剧结尾呢?梁祝化蝶、孔雀南飞、白蛇镇塔、魂断蓝桥,或许是因为悲剧比喜剧更能打动人吧。

真正感动我的也许并不是这段纯美的爱情故事,而是老三的付出,那种毫不保留、不需要任何回报的付出。只要静秋能够过得好,他心里就满足了,并没有过多的奢求;相反,静秋的胡思乱想、对老三的种种猜忌有时会让我觉得反感,让我觉得静秋好像对这份感情并不像老三那样有信心,也许是那个时代对人性的压抑吧;也有可能像老三说她的那样,她还没有爱过,所以她不相信这世界上有永远的爱情。如果不是她多次的犹豫,如果不是她多次把假设当成真正发生,那她和老三的结局可能会是另一番情景。被病痛折磨的老三听到静秋的名字后流下的最后那滴眼泪，让多少观众为之潜然泪下，为之惋惜。就像王蒙说的，"我们再也不愿意去经历这样的一段历史，但愿这样的爱情故事已经绝版"。也许，老三的离去是最好的结局，至少在他们的心里留下了美好的回忆。如果他们真的能够在一起的话，在那样的一个时代背景下，他们能否携手走过人生的风风雨雨，能否在平淡的日常生活中保持那份激情，能否在柴米油盐的碰撞中坚守那份纯爱，这也是谜。

也许在我们每一个人的心里都盼望着有这样的一段感情，希望有这样的一个人在自己的身边，像老三默默地爱着静秋那样。老三说："从我遇见你的那一天起，我就在心里恳求你，如果生活是一条单行道，就请你从此走在我的前面，让我时时可以看到你；如果生活是一条双行道，就请你让我牵着你的手，穿行在茫茫人海里，永远不会走丢。"爱情不需要怎样的山盟海誓，仅此而已。

与小说比起来，电影《山楂树之恋》在故事情节的设置上可能稍显单薄，但是电影毕竟有时间的限制，不可能面面俱到。总的来说，影片还是成功的。导演用最朴实的手法展现了一段刻骨铭心的爱情，也给当今浮躁的电影市场带来了一缕新鲜气息，这也许就是它的成功之处吧。

（原载《青岛科技大学报》第577期）

梦想青春

我在校报做学生记者的日子

邢 路

大二那年，校报魏老师给我们学院的同学作了一个讲座。讲座结束后，我决定给校报投一篇稿试试，题材就是自己大一暑假去报社实习的经历。稿子完成后，我仔细地修改了好几遍，投到了魏老师的邮箱里。

让我惊喜的是，魏老师竟然主动给我打来了电话。他在电话里很认真地与我探讨稿子该如何修改，并且鼓励我再接再厉写出更多的作品。这个电话给了我极大的激励，我在思想上开始重视这个园地。我朦胧地意识到，这是我的一个机遇。

可能是为了鼓励我，我的第一篇稿子很快就见报了。接下来的几个周，我的写作热情被点燃了，越来越多的作品付诸报端。由于我的大学生活比较丰富，我参加过的活动也比较多，这些经历都成为我写作的最好素材。我一边编织着我的生活，一边在电脑上码字。大二下学期，我被校报接纳，成为学生记者。

在进入校报之前，学习编辑专业的我，一直憧憬着将来能成为一名记者，没想到，我的梦想竟然提前实现了，真是喜出望外。我四处搜集写作的素材，在魏老师的帮助和鼓励下，开始拿起新闻采访本，走进学校大大小小的活动现场，以一名记者的身份进行采访。由于我的努力，外加校报老师对我的偏爱，我的文章总是发表得很顺利，记者的感觉和素养也慢慢培养起来。

　　大三时，魏老师决定组织成立校报大学生通讯社，并且决定让我担任社长。对此我缺乏信心，但是魏老师坚持这个决定并且经常鼓励我。面对新加入的学弟学妹，想起魏老师的帮助，我有时候会突然觉得带领这帮学生记者走上写作的道路是我的责任，为校报学生记者队伍培养新生力量是我的义务。于是，我安排了每周的例会，和新进的学生记者一起探讨我们所发表的每一篇稿子，请老记者手把手地带他们出去采访，为他们修改稿件。大学生通讯社还不断地吸纳新生力量，越来越多的人走上了我走过的道路，成为校报的骨干。他们的才气让我佩服，他们的努力让我看到了当初的自己。

　　到了找工作的季节，我迫切地想继续我的梦想，成为一名真正的社会媒体记者，可是现实让我走进了公司，而不是新闻媒体。但我能进入现在的公司，负责内外宣传，并且能够胜任这份工作，与我当学生记者的经历是分不开的。参加面试的时候，我带去了我在校报发表的所有作品。面试官第一个注意到我，并且在面试的过程中始终用一种赞赏的眼光看着我。在参加工作之后，我在采访和写作中轻车熟路的表现给同事和领导留下了很好的印象，让我在踏上职场之初就很顺利。

　　我总觉得，成为学生记者是我大学里最幸运的一件事。以前提起笔来就打怵的我，现在可以应付各种文字工作，并且乐在其中。以前不愿意和陌生人打交道的我，在经历过那么多次的采访后，能够主动认识并和陌生人很好地进行交流了。以前不太自信的我，也因为在校报的工作中取得了一些成绩而多了一些底气。

　　校报是个平台，是个园地，它改变了我，也在改变着许多人。校报的学生记者们，在这里经历着真枪实弹的锻炼。时常关注校报的同学，如果有幸加入学生记者队伍，必定和我一样有着意外的收获。

（原载《青岛科技大学报》第600期）

参加人口普查的一段经历

孙靖先

今年,我有幸以一名调查员的身份参加了第六次全国人口普查工作。虽然参加的只是人口普查的前期摸底工作,但在这十多天里,我遇到过挫折,品尝过酸甜苦辣;尽管曾经一度对自己失去了信心,但最终还是坚持了下来,收获了宝贵的社会实践经验。

工作的第一天,由于很兴奋,早晨起得很早,把自己收拾得焕然一新,信心满满地走出了家门。

很快来到目标小区,我轻轻地敲了敲一家住户的门,没有反应。我又敲了几下,这时门打开了,不过仅仅是一条门缝,映入我眼帘的是一个中年大妈,随后声音传来:"你是干什么的?"

我马上露出一个练习了好几天的笑容:"阿姨,我是人口普查的。"

然而,她用怀疑的眼光上上下下打量我好几遍,同时紧紧地把住门,看样子生怕我破门而入,然后她说:"人口普查?什么事啊?我家人都在,不用查了。"

我一听愣了,旋即反应过来,马上说:"阿姨,这是第六次全国人口普查,我们需要做好每一个人的工作,一个人也不能落,要是漏查了,以后说不定会对您的生活造成不必要的影响,您没听见电视报纸天天宣传吗?"

她顿了一下,说道:"是这样啊。"随后她又打量了我一遍:"小伙子,你有工作证吗?"我一听,忙把工作证递给她看。大妈仔细看了看,把证件还给我，打开门让我进去。

进去之后，大妈让我坐在客厅的沙发上，说："有什么问题就问吧，还有啊，小伙子我看你这么年轻，不像是人口普查的工作人员吧？"

我说："阿姨，我是咱们科大的学生，这不参加社会实践嘛，来帮忙。"

大妈脸色缓和了一下："哦，四方老化工学院的吧！有什么问题你就问吧！"

我说："能不能麻烦您把户口簿还有户主的身份证给我看看，我需要做个记录。"

大妈一听，马上警惕起来："你要这个干什么？"

我说："是这样的，人口普查需要进行一个摸底的统计，看看有没有漏报户口的、身份证错误的等等。我就看一看，然后记下来就行。您看，这是统计的表。"

大妈看了看统计表说："行，你在这坐着，我给你找去。"一会儿工夫，大妈拿了户口簿出来说："都在这，你看吧！"

我拿起户口簿，把该核对的一一记录下来，然后问道："阿姨，户口簿上的这些成员都在家里住吧？有没有在外地工作的或者学习的？有的话麻烦您告诉我他们的具体住址。"

大妈说："还要这么详细？"我说："是啊，因为这次是全国范围内的普查，需要统计每一个人的学习工作地点，看看和户口登记地有没有出入。"

大妈说："不会对他们的工作有影响吧？他们户口都在家。"

我马上说："不会不会，只是一个简单的统计。"

接下来，我把该问的都问了，大妈的一些疑问都一一作了解答。最后大妈送我离开，笑道："小伙子，真是不好意思，一开始我还以为你是南方来的骗子。"我说:"没事没事，这是正常反应，阿姨再见！"大妈说:"小伙子再见。"

在接下来的工作中，我遇到过形形色色的人，对我的身份也提出过种种稀奇古怪的疑问。从最开始的手忙脚乱不知如何是好，到后来的一一应对，让我和陌生人的沟通能力有了很大的提高。最后工作完成，感到的是自豪，收获的是珍贵的实践经验。短短的十几天是我人生中一段宝贵的经历。

（原载《青岛科技大学报》第585期）

知足的快乐

张 雪

那天清理手机内存的时候，突然翻到一张照片，尽管模糊得不成样子，却依稀可以看见三张笑脸，纯净得无以复加。

思绪突然又回到几天前，在家具城做导购员的日子。老板是个年纪轻轻的女人，戴着眼镜，文文静静的。经过一段时间的相处，我发现她不是个一般的商人，好奇心极大的我其实早就偷偷逛遍了整个家具城，发现整个家具城几乎所有的品牌风格都是以雍容华贵为主，只有她的店，素净、淡雅，不带一丝俗气。不管我每天往店里拉多少人，她都是淡淡地笑，细心地解释，一副不紧不慢的状态。"知足者常乐"，这是她常挂在嘴边的一句话。看着其他同类品牌店卖得那么火，我恨不得再多长几张嘴把所有的客人都喊进来买我们的家具。可回头看她，依旧是"一蓑烟雨任平生"，逍遥自在得很。果然，她是个容易满足的人。

毕竟家具不是日常快速消费品，买的人不多，使用周期也长，所以有时商场里格外冷清，可以用"门可罗雀"来形容。我仰天长叹一声，回头就来了句："报告！方圆几里之内，未发现任何潜在客户！"只见她慢悠悠沏了杯茶，说："坐。"脸上是淡淡的笑。我一屁股闷闷地坐在布凳上，心想，这真是个商人吗？简直就是一"双耳不闻窗外事"的书生。

"哈哈哈哈……"正想着，突然被一阵笑声打断。抬头，迎面而来的是三张大大的笑脸。最前面是个三岁左右的小男孩儿,两只手拎着一个沉甸甸的工具箱。可能是箱子太沉或者是男孩儿的力气太小,看似拎着,不如说是拖着,看起来非常吃力。即便这样,他还是不时地回头看着那一对合力搬沙发的男女,咯咯地笑着,一脸的天真烂漫。"追上咯,追上咯!"男人在前,小碎步假装向前追着小男孩儿,跺得地面咚咚响,却走得特别慢,边笑边喊,背上的沙发似乎也没有什么重量了。男人的后面,女人略显吃力地抬着沙发的尾部,身子微微后仰,脸上红彤彤的,但步子却迈得四平八稳,笑着,露出洁白的牙齿:"小心点儿,别摔着……"

"这夫妻俩都是这儿的搬运工,出力多,薪水却很少,平时虽然不愁吃不愁穿,但要存下积蓄,恐怕没有可能。这小男孩儿是他们的儿子,很好动但是很听话,不知道等他上学了夫妻俩怎么打算。"老板忽然说,她不知道什么时候她站在了我背后。"他们怎么不趁着自己年轻多干一些,攒下积蓄,好为自己的孩子的未来打算呢?"我问。老板没有回答。我看到现在他们的脸上,好像没有任何的痛苦与压力,那些所谓的艰辛也似乎对他们也没有任何影响。"生活这么艰苦,他们竟然也活得这么开心,真是幸福啊!"我喃喃地说。"人的期望值越高,幸福感就越低。越是最平凡的人,往往过着最幸福的生活。"老板的声音又在耳边响起,"知足者常乐"。

知足者常乐。好熟悉的一句话。和老板朝夕相处的日子里,她的所作所为,不就是应了这句话吗?我只是一个短期导购员,每天想的不过是多卖几套家具,卖得多就大呼小叫,卖得少就唉声叹气;而老板,还有那一家三口,每天都是满足的笑容,不去过多地渴望,也就少了不必要的失望。想到这儿,我拿出手机迅速拍了一张那一家三口的笑脸,照片的名字为"知足的快乐"。刚想回头给老板拍一张,却发现早已有客人进店。老板还是那一副慢悠悠的样子,耐心地回答着顾客的问题。我收起手机,匆匆上前,对老板如何做生意开始了又一次"窥探"。那张平常却又无比温暖的照片,和老板淡淡的笑,永远刻在了我心里。

我偷偷地对自己说:在未来的日子里,学会知足,学会快乐。

(原载《青岛科技大学报》第586期)

志愿者的快乐生活

王泽岫

2月14日,青岛市崂山区非物质文化遗产节在崂山区世纪广场隆重开幕。在学校团委副书记曲慧敏的组织协调下,我有幸成为一名志愿者,与另外9名科大同学成为专题展销志愿小组的成员,负责会场内各展销摊点的安全工作。

第一次当志愿者,我还不大明白自己的职责所在,只是听负责人的安排布置而已,因为类似安置灭火器这样的体力活,负责人也没有要求女生去做。第一天与同是科大人却第一次见面的同学成为"同事",我们也总是免不了经常陷入尴尬的沉默。

15日,"非遗节"正式开幕了。7点半,还没从睡眠状态中挣脱出来的我已经置身会场。虽然阳光很好,可是站在广场上不到半小时就觉得浑身发冷。趁着不是很忙的时候,我就在展销区里来回走动以驱走寒冷。走到东边第三个摊点的时候,我意外地发现了同是志愿者的同学小Y。他正在帮一位古稀老人挂宣传海报和一串串工艺精美的葫芦,老人的脸上满是开心的笑容,还不时跟小Y说话,摊位门头上写着"柳公葫芦"四个字。我觉得好奇,就走了过去。老爷爷正在进行自我介绍:"我是栖霞市人,受邀来参加此次'非遗节'。"爷爷还说自己最近开通了博客,输入不同的关键词就有不同的内容出现。后来爷爷还送给小Y亲手做的小葫芦工艺品作为感谢。回去的路上，我问小Y是怎么认识这个爷爷的，他很自然地答道："志愿者嘛，我看爷爷需要人帮忙把箱子搬回酒店我就去帮他，然后就认识了。"我在想，这才是志愿者的真正含义吧，并不是只有完成被分配的任务才是我们的工作，任何需要帮助的人、任何有需要的地方，都应有我们志愿者的身影。

每天社区活动日特色表演结束后，我们都要将广场上的凳子收归会场两侧，这也是我最头疼的一项工作。每次双手接触到那些凉透了的椅子，我就不自觉地想退缩。心里的不愿意，表现在行动上就像镜头慢动作回放一样那么缓慢。那天我正慢吞吞地收着椅子，可是身后的椅子突然动了起来，一个小女孩儿忽闪着大眼睛，正美滋滋地收着比她还高出半个头的椅子。她看了我一眼，又继续摞椅子去了。我心里愧疚得很，人家一个半大点儿的孩子或者还没听说过什么叫"志愿者"呢，却比我这个志愿者做得更起劲、更尽力。我接过她手里的椅子，加快了速度，心里想着再也不能让她替我做本该我做的这些小事儿了。

5天半的志愿者活动很快就结束了，我们的10人小组相互之间也早已熟络。志愿者生活也不是时刻都那么紧张，我们也常在午饭之后的闲暇时间打扑克、玩"杀人"游戏。展销区里卖臭豆腐的摊位是我们最常光顾的地方，我们开玩笑的时候都说我们可以在臭豆腐摊那里办会员卡了。

这是我第一次当志愿者，也是这个寒假里过得最充实的几天。它让我有机会认识了新的朋友，也在这小小的社会实践中跟身边的人学到了什么才是志愿者真正的职责所在。我爱上了当志愿者，这其中体会到的快乐和满足将是我成长道路上又一笔可贵的财富。

（原载《青岛科技大学报》第590期）

为你，千千万万遍

吴晴晴

每一个不曾起舞的日子，都是对生命的辜负。

——题记

今年新闻联播中发出了新年第一问：你的梦想是什么？"梦想"一词对我们来说太熟悉不过了，而当看到"中国梦"一词时，我却有些恍惚、有些迷茫。我不是周恩来，没有说出"为中华崛起而读书"的勇气，更没有像他那样伟大的梦想。我只是一个爱做梦的女孩，安静之际，一个人，总是爱遐想。

静静地翻看着泛黄的日记本，一页一页，那里面装着我的童年、我的青春，而我的每一次成长中都装着我的梦想。

小时候，梦想是伟大的，当然也充满了幻想。一个《飞天小女警》让我拥有成为一名警察的梦想。还记得那时"我长大了要抓坏人"的勇气，即使小朋友们怎么取笑我，我也依然底气十足。

渐渐长大了，一次感冒把我从警察梦中唤醒。我要当一名医生，以后再也不要感冒，我也不要让爸爸妈妈感冒。稚嫩的口气，谁都不忍心将这个梦唤醒。

带着几丝懵懂踏入了中学，也随之增加了许多知识。当看着边远地区的孩子渴望知识的眼神，当我们的幸福映照着他们的艰难，那一刻，我想用我的全部来擦干他们的泪水。我要成为一名教师，一名给予这些孩子知识的教师、一名放飞他们梦想的教师。

"在这里，我们的目标只有一个——考上大学。"当踏入高中的殿堂，我蓦然发现，原来我的梦想离我如此遥远，而我却依然不肯接受现实。从此"清华、北大不是梦"的字样在我的床头足足停留了两年。每一次起床，不是闹钟叫醒了我，而是心中的梦。我知道它们或许离我很遥远，但我总是愿意试一试；无论结局如何，无论它是怎样将我打入现实的深渊，我也无怨无悔。

人总是在走一条奔向成熟的路线，无论我是多么渴望回归到从前的自己，都是无济于事。还好梦想一直在，即使它已不再像过往那样五颜六色，但它还在。梦想一次次在我心中燃烧，点燃我的激情，焚烧掉一次次失败，堆砌了一个个困难与挫折的坟墓，最终将我送入大学的殿堂。

然而，这是另外一个世界，不再缥缈，不再虚幻，这显然是一个小型社会，我甚至没有勇气再去做梦、再去幻想。一个人安静地看着太阳徐徐生起，略带忧伤地看着太阳缓缓落下。那一瞬间，我渴望一种力量，一种内心深处的力量，即使困于现实，我也要有梦想。一个人若没有了梦想，那么他和干瘪的咸鱼又有什么不同呢？

现在的我不再去幻想不切实际的梦想，我知道每一个梦想都是伟大的，因为每一个梦里都有一个我们的缩影，一个面对困难不轻易放弃的我们，一个流过泪后继续奔跑的我们，一个被现实打回原点又从头再来的我们，一个每天都在为梦想努力的我们。

梦想，为你，千千万万遍。梦想是一只放飞的风筝，在青春的天空中飘着，无论风多么大，但我们仍然抓紧手中的绳，为它奔跑，为它千千万万遍。

梁启超曾说："少年智则国智，少年富则国富，少年强则国强，少年独立则国独立，少年自由则国自由，少年进步则国进步，少年胜于欧洲则国胜于欧洲，少年雄于地球则国雄于地球。"是啊，我们每个人的梦想虽小，但是我们所有的梦想连在一起就组成了中国梦。中国梦，我的梦；我的梦，中国梦。

  踮起脚尖，看见了梦想。从明天起做一个有梦想的人，在每一个微笑中、每一滴泪水汗水中都凝固着我们的梦想。追梦的旅途中留下每一个脚印，刻下曾经熟悉的回忆，用梦想镌刻每一个辉煌，记录我们的青春，书写我们的人生。

（原载《青岛科技大学报》第672期）

恋上这一片天地

刘 瑞

那是个遥远的地方，曾经，我没有去往那里的勇气和机会。然而，这个假期，因为支教，我赶上了前往那个地方的火车，去了一趟那个离学校和家乡都有 1000 多公里的地方——甘肃。说是去了甘肃，其实不过是刚到了甘肃境内，在渭河流过的地方短暂停留一段时间。

当火车进入甘肃境内的时候，河水满载着泥沙的画面就成了我对甘肃的第一印象。下了火车，坐上客车，司机师傅给我们留了座位，还热心地帮我们把行李都搬到车上，车上的乘客也好奇地看着我们这群面带微笑的大学生。这构成了我对甘肃的第二印象。到了目的地，眼前的一排土墙房就是接下来十几天的容身之处。太阳正在落下，黄昏里收拾宿舍，黄土顿时布满了空气；抬头，几缕轻纱似的云漂浮在头顶，天空蓝得让人心疼，突然觉得自己离天空很近，仿佛伸手就能触到那一片无瑕的蓝。从此，注定对这片天空充满思念。

当晚，坐上团长父亲开的拖拉机，一群人摇晃着欢笑着，来到了队长家中。一进入村落，就会有厚厚的土墙把路围起来。拖拉机停下，队长母亲早已站在门口等着我们。跳下车，走进狭窄的前门，或许是因为夕阳的余晖，整个院子看起来很温馨。有队友说，这个小屋看起来就像个艺术品。很快，我们吃上了团长母亲为我们煮的臊子面，那是上火车后整个支教团吃上的第一顿饱饭。当晚，我们就挤进了刚收拾出的不足10平方米的小寝室。接下来就是长达半个多月的支教生活。

那里空气湿度很低，几乎每一个人都长了痘痘；那里满是山路，每一次家访都是一次历险；那里缺水，所以在支教的日子里没有洗澡的条件；那里还偶尔停电，并且一停就是两三天。但是，志愿者们试着去习惯那里的干燥和山路，也去习惯那里的与世隔绝，最后习惯那里的宁静。

当支教的日子过半以后，每个人开始计算自己剩下的课，都在感慨时间越过越快。我在第十五天的时候，告诉孩子们只剩四节课，孩子们神情里都是惊讶。想起不久前，支教团刚到这里，才把教室布置好，学生刚进教室，自己的教学计划刚刚开始，这就已经走向了尾声。志愿者们私下会讨论究竟想不想离开这里。有人说想，因为要回家、要学习；有人说不想，因为这里太宁静、太安逸。

支教最后的日子里，孩子们像毕业一样，疯狂地跟志愿者们合影，向老师索要照片，不停地要求老师去教室表演节目，每个中午都想要跟老师一起吃冰棍，只要有志愿者在的地方就会有学生围成一圈。一整天，校园都处于沸腾状态。即使是午休的时间，孩子们也闹得校园不得安宁。因为，他们是一群孩子，而我们，也不过是比他们大一点的孩子。于是我们跟他们，很神奇地互融，然后成为那山顶上校舍里一群不知疲倦的孩子。

时光漏下的一缕阳光，照亮了这片黄土，引来了志愿者的驻足，恋上这里的这片天地。回想自己这一生可能只会来一次的这个地方，心里有写不完的美好记忆。

（原载《青岛科技大学报》第672期）

无花蔷薇，永不败

吴 潇

"记忆是无花的蔷薇，永远不会败落。"而时间又有它沧桑的一面，冷峻而真实，一切又那么易逝。就如这关于"兵人"的 10 天，必将成为我人生夜空中最亮的星座，闪耀光华。这段记忆，永远绽放。

初涉军训

秋天来了，叶子黄了，菊花开了，满天的香。这个季节我收获了失望，如南徙的雁，飞向异乡，留下划破天际的忧伤。踏进这个地方，背离了原来梦的方向，举目四望，人生地陌，把自己交给这个未知的地方。晚霞送走了"家长队伍"，空留宿舍楼里摇曳的灯光和几张陌生的面孔。夜，就这样如期而至。

不知是谁打破了宁静的天幕，第一次穿上了迷彩，列队在广场上迎接阳光和教官的到来。远远地，看到了一顶顶贝雷帽，然后我们一起见证了开学来的第一次升旗仪式。那庄严的军礼，又燃起我对军队的向往，想到即将到来的"魔鬼"训练，默默地告诉自己：阴差阳错地来到这里已无法改变。从今天起，你要学会跋涉荒凉……

第一天的军训生活开始，我们都成了半个"兵人"。

迷彩情深

在绿色的训练场上，一律迷彩。没有奇装异服，没有浓妆艳抹，有的是那份纯粹。渐渐地，开始熟悉那些陌生的面孔。吹哨就要起立，让我们知道了什么是服从；汗水浸湿衣服，让我们明白了什么是坚韧；队列整齐一致，让我们理解了什么是团结。就在站军姿脚都麻木的时候，我告诉自己此刻我就是军人，于是终究没把"报告"说出口。我们迎来朝阳，送走晚霞。

傍晚，一群脱缰的马，少了些许疲倦，围坐在一起，享受那久违的放松，听那军人的歌声响彻天际。不知哪来的笑声，让月亮羞得用云纱挡住了脸。我在仰望星空，一颗一颗地数着晶亮如同玉珠的星星，在这个纬度，在这方天空。风渐渐弥漫着思念的味道。

目光回到了可爱的"小黄"身上——这个和我们差不多年纪的教官。显然，他比我们更加成熟。真不知道这样稚嫩的肩膀，曾经怎么扛过新兵连的磨炼。忘掉了白天的风吹日晒，他用沙哑的声音和我们聊着……一声哨声，结束了这美好时光。

可能以后再也不会有如此美景了，一样的夜空，但少了那些可爱的人儿，少了那些迷彩的我们。

雨自惆怅

花自流芳，雨自惆怅，我心在流浪。

那晚，天空下起了雨。真不该晚上下雨，这个本该忘掉所有的时刻，偏偏浇透了我们去训练场的渴望。润物细无声还是风雨狂作，都已经没什么意义了。因为一通长途电话，我们的心顿时犹如窗外的天气，挡不住的是种种的思念。

一个人时，想起了白天训练场的辛苦，想起了一起哭笑的朋友，想起了那天报到时村口挥手的母亲的泪光。看着窗外那不知名的花朵，孤零零地在风雨中摇曳挣扎，终于，被无情地扯进雨水中，渐渐远去。

一个人的时候，从一个熟悉的城市，到另外一个陌生的城市，心中不免有一丝苍凉和无奈。

　　一个人的时候，学会了与寂寞为伍，听寂寞的歌曲，品忧伤的旋律，独自一个人，享受孤独。

　　一个人的时候，常常会想起好多的事情，没来由地想起一些无关紧要的人，一些无关紧要的事。

曲终情未了

　　离别的时刻总是来得那么快。我们的相遇，如同海鸥和波浪的邂逅，海鸥飞走了，波浪奔流而去，我们也分开了。10天的记录如交响乐一般，曲终才发现，我们都沉浸在美好的记忆中。10天来记录的一幕幕，如同断线的风筝，肆意飘荡，不经意地在脑海中浮现。

　　那一天还是来了，他们终于背起了行囊，挺着宽而厚实的胸膛，顶着"不能回头"的命令，走了……没有说再见，也没来得及我们留恋。一双双哭红的眼，目送他们的离去，拥挤的人群挡住了视线，一句"珍重"！望他们能听见。

　　人生的最后一次军训，画上了句号。因为可能会忘记，所以选择铭记。10天，不长也不短，酸甜苦辣，诉说离别，愿彼此珍藏这段记忆，愿这朵无花的蔷薇，永不凋败。

（原载《青岛科技大学报》第676期》）

在奥帆基地的日子

张登攀

　　暑假已经过去了很久,但那期间的点点滴滴至今仍记忆犹新。今年暑假我告别了往常假期的空白和无聊,有幸参加了社会实践活动,成为第五届青岛国际帆船周的一名志愿者。之前对于志愿者,仅限于耳闻,当真正扮演这一角色时,果真有着非一般的感触。

　　有些事情不去参与其中,就永远体会不到其中滋味。那些让我们刻骨铭心感动的,不仅有他人,还有我们自己。短暂的社会实践,带来的却是永恒的记忆与怀念,在这段时间里我深刻地体会了生命的律动、文化的光彩、友谊的真谛,以及给我带来的最深刻的思考。

　　在那里,我看见了生命是那样顽强不屈、生生不息。在风口浪尖的瞬间,在炎炎烈日之下,在宽阔无边的海面上,我看到的不仅仅是搏击风浪的勇气,更是一种对信仰和生命的执着。没有人会因为高温而放弃比赛,没有人在训练时偷懒而少做几组训练,虽然他们仅仅是不到15岁的小孩,因为每个人都明白比赛的意义不是输赢而是精神。有时候我会因为艰苦的工作而懈怠,可是当我看见小运动员们被晒得暗红的皮肤,我会内疚,我会为自己的退缩而惭愧。当我在他们这个年纪的时候也曾集万千宠爱于一身,但是那时的我该是没有这样的勇气和决心。

　　不同的环境衍生出不同的文化思想。当不同地域的人群聚集在一起时,那些有着差异的文化就各放异彩,也成了我们了解彼此的平台。在这里,我结识了来自世界各地的人,我看到了韩国人的谨慎、澳大利亚人的热情爽快,还有西班牙人的执着追求……我敬佩韩国人的细心,他们可以花上半天的时间去检查帆船的细节,哪怕是一个线头;我也钦佩巴西人对足球的喜爱,不论教练还是8岁的小运动员,在任何的场合都能来一段给力的足球秀。

赛场上志愿者的身影更是不容忽视,让人感动。我崇拜那些志愿者翻译能用流利的英语和外国人交流,却惭愧自己连英语六级都没能考过。我羡慕他们的社交能力,可以和来自不同地方、不同种族的人"打"成一片。那时候才知道90后的我们不矫情,也能在高温下搬起40斤的矿泉水,也能站在紫外线强烈的海边随时为需要的人服务。原来那些我们看似做不到,或者不会做的事,在某种特定的环境下也会乐于去做,而且还会做得比别人好,只要给他一个去做的理由。人的潜能是无限的,只要敢于开发,没有什么是做不到的。

在这段时间里,有的志愿者朋友在加班中度过了21岁生日,有的因事迹感人而见诸报端。我们一起畅游海底世界,参与电视台节目的录制,而我更多的则是每天在奥帆基地、青岛二中和学校宿舍间奔波,写新闻,拍照片,用文字和图片记录我们一起做过的点点滴滴。在这段时间里,我经历了许多人生的第一次,见到了仰慕已久的名人,遇到了那些让我刻骨铭心的人,体会到了发自心底的快乐,最重要的是明白了一些在校园里领略不到的真实。

这一次的社会实践收获颇丰,它不仅让我有机会去实践自己的爱好,更让我在茫茫人海中找到了自己的位置。我从服务于他人过程中明白了接受是一种幸福,而付出更是一种快乐;在与队友和他人的交流间我更懂得了你所遇到的就是最好的,需要我们努力珍惜。

人生的路何其漫长,这一路的风景千千万万,有时候我们会在相同的地方看到相同的风景,但我们的生命不该与别人的雷同。我们要努力用发现的眼光找寻别人看不到的景色,并使之成为最美好的回忆,这样的路上才会鲜花满地。

(原载《青岛科技大学报》第677期)

大学,究竟读什么?

王先津

两年大学时光转眼已经流逝,又是一年迎新时。我想起自己刚来大学的样子,这一切仿佛就在昨天。从我走进大学校门的那一刻起,我就一直在问自己:大学,究竟读什么?

大学是一个相对自由的空间,而恰恰是大学的这种自由,使许多人迷茫得不知所措,想拼命寻找到真正属于自己的天空,却眼前一片渺茫,其结果是堕落了,不再信誓旦旦地憧憬梦想,不再慷慨激昂地谈论未来,而是迷迷糊糊地度日。可我们仔细想想,如果大学这样读,到最后除了一纸文凭还得到了什么?真正踏进社会的时候,拿什么来养活自己、家人?你觉得现在的自己还配得上最初的梦想吗?

出现这种情况的人不在少数,其根本原因在于没有思考应该怎么读大学,没有思考我要的大学是什么样的。我们可以从大学与社会所需要的人才去分析大学究竟读什么。

上个周,我们进行了专业认知实习,走进青岛周边工厂的生产车间。开始的时候带着满腔的热血与好奇,但我走进车间看到整台的大型机械在高速运转,发出轰轰声,感觉嘈杂的环境与自己格格不入,瞬间觉得现实很残酷。如果没有扎实的专业技能知识和个人能力,怎么被认可?中国大学生近年来面临就业困难的问题,个人觉得除了竞争激烈之外,更主要的在于毕业生是否对自己的位置与处境有真正的理解。现在的毕业生找工作重点放在公司能给自己带来什么,而不是思考自己能为公司带来多大的效益。试问,你如果是一个企业的老总,你需要什么样的员工?当自己真正走进企业与社会的时候,才明白大学真正能带给我们什么。

我们每个走向社会的人都是一个辛勤捕捞的渔夫,要想捕到鱼,就必须要编织一张网。这张网就是自己日积月累的资本,不仅仅在书本上,更在无形的生活中。试问,你的网是不是大到足够让你网到自己满意的工作?

我们都提倡综合素质,它包括人际关系处理、情感自控、学习辨识能力等等,但我觉得其中最重要的是思考力。不管是做人做事,还是做学问,都需要一种很强的思考力。有怎样的思考力将决定你有怎样的生活观、世界观和人生观,决定你有怎样的处世做事方式和生活习惯,最终决定你自己所扮演角色的成功与否。强的思考力来源于富有逻辑的思维方式,这也是现代社会所需要的。这种思维方式来源于一个人的经历、学识、个人修养,而获得这种思维方式最佳的方式就是跟着老师学习,而大学则能给你一个相对安静的环境去摸索补充。

除了这些素质、知识的提升,大学的生活也丰富多彩。我们被信息的漩涡所包围,每个人都有各自的事情要忙碌。与高中不同的是,大学给我们足够的发展空间,在这里个性可以完美地展现,才华可以更尽情地舒展,生活可以色彩斑斓地呈现。大学时光短暂而美好。记得军训时,我在体育馆的篮球场前和一个学长聊天。他告诉我一个大四毕业的学长,在即将离开学校的时候,泪流满面。四年大学结束,反过来回忆自己大学时光的时候,给自己的大学学习生活冠以什么样的标签,只能在过程中寻找答案。

总之,我觉得大学的学习、学校活动与社会实践一点儿也不冲突,协调好这三方面才能体会到最精彩的大学生活。大学更是一个纯粹筑梦的象牙塔,它纯真、干净,没有赤裸裸的功名利益,有的是认真做学问、尽职尽责的老师,友爱和善的同学。在这四年的时间里面,你可以汲取各方面的知识:在图书馆浩瀚的书海中,在社会实践中,在课堂上,在社团活动中,在与同学老师的相处中……大学为每个人提供足够的资源,怎样利用这些资源去实现自己的梦想,这正是需要我们认真思考并努力实践的。

(原载《青岛科技大学报》第677期)

用灵魂演奏的生命音符

韩晓黎

在这个乍暖还寒、容易让人犯懒的季节，有一个名字彻彻底底地震撼着每一个人的心，刺激着每个人的神经，那就是刘伟——一位用双脚行走在琴键上的钢琴师，他平凡的名字却承载着不平凡的故事。

2011年刘伟当选为"感动中国十大人物"之一，让更多的人认识了这个经历坎坷但仍坚持追逐梦想的年轻人。"当命运的绳索无情地缚住双臂，当别人的目光叹息生命的悲哀，他依然固执地为梦想插上翅膀，用双脚在琴键上写下：相信自己。那变幻的旋律，正是他努力飞翔的轨迹。"这是感动中国给刘伟的颁奖词。命运对他是残酷的，但他用实际行动诠释了身残志坚的含义。

10岁那年的一次触电事故夺去他的双臂，于是，他的人生不得不寻找新的起点。放弃了被打碎的足球梦，他向游泳发起了挑战。"在2008年的残奥会上拿一枚金牌。"刘伟跟妈妈许诺。然而，就在他满怀信心训练时，命运又跟他开了一个玩笑。由于训练过度，他患上了过敏性紫癜。当他不得不再次放下他的奥运梦时，这个年轻的小伙子再也抑制不住悲痛的泪水，失声痛哭起来。在这样的命运面前，即使选择向命运妥协也完全有理由得到人们的谅解。但是，刘伟擦干眼泪，又一次向命运说"不"，用他自己的话说就是："我不信老天不给我一条生存之道"。于是，他再一次向命运发起挑战，走进了他的音乐世界。

练琴的艰辛超乎常人的想象。由于大脚趾比琴键宽，按下去会有连音，并且脚趾无法像手指那样张开弹琴,他硬是琢磨出一套"双脚弹钢琴"的方法。他曾说:"为了使脚趾能像手指一样灵活,我每天练习七八个小时,练得腰酸背疼,双脚抽筋,脚趾磨出了血泡。"这样高强度的练习正常人都受不了,更何况是用脚趾弹奏的刘伟?但是,刘伟用实际行动告诉我们,只要心中希望的火焰不熄灭,一切皆有可能。在这样的魔鬼训练下,3年后,他的钢琴水平达到了相当于用手弹钢琴的专业7级。他说:"我失去了双臂但是我仍然感谢上苍,它让我拥有了更大的世界。"在《中国达人秀》的舞台上,一曲《梦中的婚礼》,全场静寂,只有优美的旋律。曲终,全场掌声雷动。

刘伟还有一个梦想,那就是登上维也纳金色大厅的舞台。23岁时,他如愿以偿,让世界见证了这个中国男孩的奇迹。当袖管两空的刘伟走上舞台时,所有人都知道他要表演什么,但没人能想象他究竟要怎样用双脚弹奏钢琴。而当他坐到特制的琴凳上之后,优美的旋律从他脚下流出,十个脚趾在琴键上灵活地跳跃着,全场陷入了一片安静。在刘伟表演结束之后,所有观众都起身鼓掌。我想,这掌声不仅是对他精湛的表演的认同,更是对他不向命运屈服的精神的赞美。他,是当之无愧的生命强者。

独特的人生经历和强大的内心世界让很多人记住了这个名字。在本应该享受大好青春年华的时候,命运跟他开了一个又一个玩笑。然而,庆幸的是,刘伟是一个乐观、坚强的人。只要有初升的太阳,他就要向着那一丝曙光奔跑。他带给我们的,不仅仅是一个故事,更是一种信心与勇气。当我们遇到困难时,也许不会再畏惧退缩;当我们受到批评时,也许不会再偷偷躲在角落里哭泣。只要生活在这个世界上,我们就应该是快乐的;只要心怀理想,我们就应该敢于大声向困难说"不"。不抛弃、不放弃是刘伟向我们传达的最简单的道理。虽然没有双臂,但他有一双隐形的翅膀。他希望自己的人生更有价值,他做到了。我想,我们每个人都要有一双隐形的翅膀,在我们遇到挫折时能够带我们重新飞翔。

相信每个知道刘伟故事的人都会接受一次精神上的洗礼,可以支撑自己,走路也多一份踏实。这就是刘伟所传递给我们的一种力量。

(原载《青岛科技大学报》第630期)

"可能主义者"力克

卢彦云

力克出生时罹患海豹肢症，天生没有四肢，可是艰苦难熬的时光和困境没有使这个"上帝失手的作品"一直消沉；相反，他用信心、希望、爱和勇气克服逆境，勇敢追求自己的梦想。

在别人看来的不幸者这样评价自己的人生："我真是个幸福的人，这些年来，我真是幸福得不像话。"这样的乐观和自信不得不让我们这些四肢健全的人感到惊讶和赞叹。他的人生并没有因为没手没脚而受限，他凭借强大的内心，至今已在五大洲超过25个国家举办1500多场演讲，鼓励了上百万人克服困难和挑战；帮助无数的年轻人重拾梦想，找到生命的目的，思考生命的价值和存在的意义。

年幼的力克也曾在别人的冷眼和嘲笑中悲伤失落，痛苦挣扎中他曾三次尝试自杀。可就是在一次次的心灵追问和拷打中，他渐渐学会接受自己残缺的身体，并相信上帝在他身上造就残缺是有旨意的。于是他告诉自己："在悲伤的另一边，有一条不同的出路，会让你更坚强、更坚定，让你找到自己想要的人生。"是的，我们的一生不可能总是一帆风顺，总会有这样或那样的事情让我们悲伤、失落、痛苦，可要不要成为强者、做一个命运的主宰者则完全取决于我们自己。太多的时候，我们习惯了将自己的悲伤扩大化，企图用受伤的心灵得到别人的同情，甚至会紧紧抓住过往的伤痛不放，这样只会增加我们的痛苦感。何不学着将痛苦和失望看得浅一些淡一些，试着将自己的着眼点放在一些有意义的事情上，学会化悲痛为力量？我们的人生不受限，只要你有足够的希望、信心和勇气。

马丁·路德·金说过："在失望的土地上播种希望的种子，你收获的将不再是一片荒芜。"我想力克便是这句话的实践者。正是凭借着无限的乐观和信心，这个传奇式的人物踏遍全球，在自己布满荆棘的人生之路上勇敢地追逐自己的梦想，只要心跳不停，追逐的脚步便不止！

因为有信心，所以不畏惧任何困难；因为有希望，所以在行动上从不犹豫彷徨；因为有梦想，所以活出不受限的人生。就像力克自己说的那样："人生最可悲的事，不是失去四肢，而是没有生存的希望和目标。"

做一个"可能主义者"，相信生命充满无限的可能性。

我想，很多时候我们之所以会常常感到沮丧、伤心，不仅仅是我们经历的事情太过糟糕，而是我们把事物看得太过绝对，我们把所有的可能性都给否决掉了，所以我们看不到事情发展变化的可能性，我们失望伤心。或许这时候我们该像力克那样做一个"可能主义者"，正如著名励志作家诺曼·文生·皮尔说的那样，"要成为'可能主义者'，无论你的人生看起来多黑暗，请拉高你的视野，看看有什么可能性。你总是会找到可能性，因为它们一直都在"。

在无限的可能性之中寻找适合自己的人生之路，不要害怕跌倒，不要害怕失败，因为万事皆有可能，成功或许就在下个路口的拐角处。不断地去尝试自己认为不可能的事，才能不断地前进、不断地超越。我觉得其实能力都是被逼出来的，不要怀疑自己的能力，因为能力往往潜藏在内心深处等待你去挖掘，我们内敛着的能量会让你在困难和挑战面前变成一个真正的英雄，这就是"可能"的力量。

此刻，或许你正在因学业的压力而感到苦恼，或许你正在为找工作而不知所措，或许你正在因失败而悲伤失望，或许……那么，在无数个"或许"之后，请像力克那样，勇敢地迈出前进的脚步，去追逐自己的梦想，活出不设限的人生！

（原载《青岛科技大学报》第635期）

重走青春

王晓佳

最近《北京青年》掀起了一股重走青春的潮流。这部电视剧主要讲述了土生土长在北京的四个堂兄弟何东、何西、何南、何北，放弃了原有的舒适生活，为了自己的理想努力着。他们不甘于青春的平庸，硬要凭借自己的力量重走一回青春，去完成自己以前的梦想。在这一路上，他们经历了爱情的考验和生活的洗礼，他们学会了做人，学会了如何面对生活中的琐事和突如其来的困难，学会了克制自己、宽容他人。

当我们年少时，会渴望得到一个展示自己的舞台大干一番。我们有时也会轻狂，梦想有一天能拥有阿基米德的力量找一个支点来撬动整个地球，但上天不能总是眷顾一个人，磨难有时接踵而至。于是，在岁月的沧桑变化中，生活磨平了我们的棱角，改变了我们看待周围事物的眼光，甚至让我们产生了一种安于现状、不思进取的怠倦思想。久而久之，我们忽略了当初"改变世界"的豪言壮志，思想被同化了，行为也被束缚了。

每天晚上11点，我习惯性地将收音机调到中央人民广播电台财经夜读频道，听着主播安然讲述着各种蕴含哲理的小故事。其中，有这样一个故事给我的印象尤为深刻。它是选自作家周国平的一篇文章，内容大概是这样的。青年甲、乙是同一小镇上志同道合的朋友，他们是很要好的同学，但高考中，成绩一向不错的青年甲发挥欠佳，名落孙山，而青年乙则收到理想大学的通知书。上了大学的青年乙如鱼得水，成绩斐然，学术也做得很好。于是，他经常出现在国内外大型学术报告会上，接受各领域专家的指点。而青年甲却回到家里干起农活，每天日出而作、日落而归。在一次同学见面会上，青年甲见到了久违的青年乙，莫名的差距让他产生了极大的自卑感，一股发自心底的力量让他觉得人生不该如此堕落，以前的理想不该就此湮没。后来，青年甲报了当地的夜校，利用自己的闲暇时间去充电。再后来，他成功地通过了某校的研究生复试，成为一名医学研究员。与此同时，青年乙却沾沾自喜，开始虚度光阴、不思进取。毕业后，青年甲在当地找到了一份合适的工作踏实地生活了。而青年乙依旧不改昔日的纨绔之风，工作业绩总是部门里最差的，最后，公司直接开除了他。这个故事里的青年甲就是作者的伯父。

　　青年甲和青年乙的迥异人生也在讲述着这样一个道理：青春需要奋斗的热血，理想贵在坚持。或许你也曾有过梦想，可是当现实逼迫理想时，你是会依然坚持着在自己喜欢的道路上奔跑，还是眼看着这些梦想都渐渐消失，却每天无所事事，一点奋斗的精神都没有？

　　我们不必重走青春，因为我们正当青春时。在这人生的黄金岁月，我们需要一个终极目标来指引。

　　无论你身处何处，是什么样的职位，请不要让心中的理想销声匿迹。虽然还没正式踏入职场，但你应当保持这样一份心态。最好的人生状态便是你找到了自己喜欢做的事情，同时你也愿意为它付出，甚至于不求回报。

　　职业终究是职业，它不是你的事业。当你找到了一份职业时，请问问心中的理想还在不在。

　　有的人喜欢把人生比作船，把理想比作帆，当你在主宰船的方向时，不要忘记帆的存在。这样，你可以踌躇满志地对别人说：看，人生的美就在前方。

（原载《青岛科技大学报》第643期）

让梦想起航

——听莫言先生讲座有感

鲁娜琳

11月16日上午,班长告诉全班同学作家莫言先生要来给我们作报告,那一刻教室沸腾了。

作为一名编辑出版专业的学生,我们对莫言先生并不陌生。他的小说集《透明的红萝卜》是我们现当代文学作品鉴赏课上的必读作品。更有意思的是,就在前几天,还有同学在课堂上推荐莫言先生的小说集《冰雪美人》,以及茅盾文学奖获奖作品长篇小说《蛙》。

细雨斜飞挡不住前往报告厅的脚步,像去见一位多年未曾谋面的朋友,我有一种莫名的兴奋。慢慢临近的时间敲打着我的心坎,由于紧张加上激动,我的心像一只受惊的兔子跳个不停。

莫言先生终于出现在会场了。我有些惊讶,因为他不是我想象中的西装革履,而是穿一件布制的开襟褂子,让我们感到朴实而又亲切,似乎在我们面前的不是一位文学大家而是邻村的老大爷,他在用亲切的家乡话为我们讲述田间乡村的故事。

莫言先生出生在高密农村,受"文化大革命"影响,5岁的他便在家劳作。他熟悉田园风光,乡村生活让他总有说不完的故事。那时候莫言先生很喜欢看书,临近的村庄哪家有书他总会借来看。因为借来的书要在主人指定的时间内还回去，而且家里还有许多农活等着他做，所以他不得不躲起来不计一切后果地把书看完。有时候莫言先生一晚上能看完一本书，而且时隔很久还能记得这本书的重要内容和人物。

莫言先生说他作品中美丽的乡村景色和真实的农村生活很大程度上得益于少年时的生活和记忆。乡村文化是他文学作品的根，他与那片土地有割舍不断的情意。说书等民间口头文学对莫言先生的影响更为深刻，小说中天马行空的叙述、五彩斑斓的画面、夸张的描述，以及极富地方色彩的语言都源于此、升华于此。

难得的是，不管是少年时期的苦难，还是社会对他作品的争议，都没有使他扔下文学仓皇逃跑——莫言先生曾经因为《丰乳肥臀》一度受到评论家的严厉批评，因为这本书他在部队写过检查。但时间往往是公正的，一个事物真实的价值会随着时间的推移逐渐显现。更可贵的是，莫言先生没有因为要迎合世人而停止一个作家对于人性的追寻和思考。

莫言先生对文学的追求坚定而执着。拿起笔，他书写着生命的感慨和蹉跎，放下笔，他反思着历史和人性本身。岁月的浪涛汹涌澎湃，把梦想的小舟击打得摇摇晃晃，不懈的追求永远是成功的基石。梦想起初都是一片布满荆棘的野地，免不得去用汗水和坚持播下种子，一季又一季等待果实压弯树枝。莫言先生用自己的经历向我们阐释梦想的可贵和不易，有时客观条件是有限的，但主观努力是无限的，坚持或放弃在你，成功或失败也在你。

（原载《青岛科技大学报》第616期）

致大学里的那份美好

逄柏鹏

走过象牙塔的美好,自己也经历了一年余载的社会洗礼。面对大学里纯真的美好爱情,不禁让人羡慕;面对分分合合,自己习惯了淡然一笑;面对曾经的那份美好在步入社会后因劳燕分飞而渐渐逝去,无可奈何也难再回首。大一新生如何尽快适应大学生活,包括树立良好的爱情观,是摆在教育工作者面前的常规话题。

新学期伊始,在给 2013 级新生开展大学适应性讲座时,自己也不敢多么造次,毕竟自己还是很年轻。一段幽默风趣的视频相声、两个互动性小游戏、30 分钟的蜻蜓点水,还是吸引了在座懵懂的大一新生。其实我有些紧张,紧张的不是自己讲解得多么吸引人,而是学生对大学新知识十分渴求,而自己的理论和实践都是相当的欠缺,担心误人子弟。当课件翻至爱情篇时,学生的情绪又高涨起来,几乎异口同声地要求讲解爱情。顿时自己愣了一下,赶紧打了下圆场——学生稍后要参加学生会的纳新大会,约定的时间也差不多到了。一句"爱情是两个人一起相互的责任,具体的你们自己慢慢体会"算是蒙混过关了。

学生时代的情感故事总是感觉像小孩子过家家,进入社会的味道着实变了很多。进入社会,工作、生活、养老等各种压力席卷而来,面对压力,爱情和面包孰轻孰重,选择也可想而知;面对压力,忧虑和担忧席卷而来,权衡利弊也没有错;面对压力,牢骚和恐惧不断,选择一时的逃避来"解决"

问题……在这过程中,爱情也经历着严峻的冲击,很多曾经的海誓山盟也会因为各种无奈而石沉大海;或许也经历着偃旗息鼓和惨痛的代价,换取明日的坚定不移。社会告诉我们的是在物质保障的基础上,那份曾经的感情才能维持,殊不知暂时的几杯苦水会换来一生同甘共苦的幸福真谛。奈何陷入社会漩涡,谁又能奈何。

不论哪个阶段的幸福爱情,都需要双方共同用心经营,这种关系更需要养成良好的爱情习惯。别让七种陋习偷走你的幸福感:不善于发现阳光面——放大别人的幸福,缩小自己快乐;缺乏信念——不知自己想要什么;老爱比较——以己之短,比他人之长;不知奉献——斤斤计较,一味索取;不知足——欲壑难平;不信任——总是怀疑;过于焦虑——不知如何排解压力。这是网上比较流行的话语,也确确实实道出了在这个社会中获取幸福感的方法。爱情是人与人之间的强烈的依恋、亲近、向往,以及无私专一并且无所不尽其心的情感,包含着亲密与责任。在两个人的世界里,爱情需要用心培养和浇灌。畅通的沟通是非常必要的,如若长时间的赌气和误解,会让两人感情淡漠,还有可能会让挖墙脚者乘虚而入。彼此的信任是感情稳定发展的精神基础,没了信任,再美好的爱情也会成为过往。用心保持激情,随着时间的打磨,爱情往往褪去原有的那份激情,小小的惊喜、念想都是不错的美好追忆。学会一起面对生活中的压力和一起处理生活中的烦恼,烦恼和忧虑无处不在,往往计较的越多失去的就越多,处理不好生活中的压力往往日积月累,会让人放弃最初的那份坚定。

大学的一切都是美好的:无忧无虑的生活,学习不再像高中那样苦,当然也包括那份纯真的爱情。整日的腻歪,异地的辛苦,隔空的思恋……形态各异,但是其本质还是双方的互相负责,不是嘴上说的海誓山盟、海枯石烂,而是用心经营、用行动体贴关怀的美好!这份美好,可能是昙花一现,也可能是整个青春,甚至可能是一生一世。相信美好永恒,用心坚持去做!

(原载《青岛科技大学报》第685期)

筑梦2014

宋 健

每至岁末,人们特别期待有一场大雪在这座城飘下,希冀在白色编织的梦的氛围里,许下对于新一年纯洁无瑕的愿望。前几天,下起那场浅浅的雪的时候,我想起了李汉荣的那篇《无雪的冬天是寂寞的》:"寂寞的是小孩,他们只能望着爷爷的满头白发,想象大雪飘飘的时光,想象在雪地上奔跑的情景,想象童话里覆盖着积雪的小木屋,想象他们从没有见过的雪人的样子。"的确,每个人骨子里都是雪的孩子。每一年我们都渴望用一场大雪来洗礼我们新年的愿望。

当我还沉浸在2012年年末那些美好的飘雪时光的时候,时光已悄无声息地走到2013年年末。白驹过隙的时光,总是那么让人怀念。有人说,回忆是一条没有尽头的路。其实,好多人并不想望见路的尽头,也不想看见自己一路走来的脚印,只是很想知道自己将如何继续更好地走下去。《南方周末——2013新年献词》中有几句话可以很好地概括国人每年岁末的心境:"忙碌让安静更珍贵,行动让思考更必要。再忙也要记着:为什么出发,要奔向哪里。再忙也要记着:相爱的人在哪,同行的人是谁。"365天,一年,很短。每到岁末,总会听到周围的人感叹一句:"时间过得真快!"

行至2013年年末,想起仍在记忆中绚烂的跨年的烟花。2012年最后的一个夜晚,五四广场虽然很冷,来欣赏烟花的人却很多。那一晚,每个人都有希冀。大家一起见证烟花的美丽，也共同懂得生活只是偶尔像绽放的烟花，大多数的日子是那转瞬即逝美丽背后的宁静与昏暗。那一夜，绚烂的烟花点缀了即将荣耀2013年的"中国梦"。那一刻，我们不会想到会在2013年如此热切地期待中国梦的早日实现。

在中国发展史上，曾经有过唐宋盛世，但是只能说是繁华一时。后来，当中国沉醉在康乾盛世的天朝上国的迷梦中时，西方工业革命在英国已经开始了，中国逐步落伍。当中国共产党带领人民建立了中华人民共和国之后，中国才逐步走向真正的繁荣。

20世纪90年代初，邓小平提出了"发展是硬道理"的理论观点，使得国家经济有了极大发展，贫穷问题有了初步缓解，但又出现了环境污染和资源短缺等问题。于是，现代化发展的梦想就进一步表现为追求均衡的"可持续发展"、"和谐社会"与"生态文明"。习近平总书记提出"中国梦"的总体理念，恰逢其时，意义深远。习近平说："每个人都有理想和追求，都有自己的梦想。现在，大家都在讨论中国梦，我以为，实现中华民族伟大复兴，就是中华民族近代以来最伟大的梦想。这个梦想，凝聚了几代中国人的夙愿，体现了中华民族和中国人民的整体利益，是每一个中华儿女的共同期盼。历史告诉我们，每个人的前途命运都与国家和民族的前途命运紧密相连。国家好，民族好，大家才会好。实现中华民族伟大复兴是一项光荣而艰巨的事业，需要一代又一代中国人共同为之努力。空谈误国，实干兴邦。我们这一代共产党人一定要承前启后、继往开来，把我们的党建设好，团结全体中华儿女把我们国家建设好，把我们民族发展好，继续朝着中华民族伟大复兴的目标奋勇前进。"习近平总书记阐释了中国梦的具体内涵，归结为一句话，中国梦就是实现中华民族伟大的复兴梦。万众瞩目的十八届三中全会胜利召开描绘了中国未来经济、政治、文化、社会和生态文明五位一体的"中国梦"新蓝图。

站在"中国梦"全面开启的2014年岁首，我们相信这凝聚辉煌、苦难与胜利的民族集体记忆的"中国梦"必将激励国人在新的一年里更加刚健有为、艰苦奋斗。此刻，我们比以往任何时候都更强烈地感受到对民族复兴、国家富强、人民幸福的无比渴望。我们也比历史上任何时期都更接近中华民族伟大复兴的目标，比历史上任何时期都更有信心、更有能力实现伟大的中国梦。

最后，让我们以习近平总书记在中共中央纪念毛泽东同志诞辰120周年座谈会上的重要讲话作为新一年的奋斗箴言——勿忘昨天的苦难辉煌，无愧今天的使命担当，不负明天的伟大梦想。

（原载《青岛科技大学报》第685期）

我和我的纪录片

杨富强

这学期在上电视摄像课程时,我和我的同学一起完成了一部自己拍摄的电视纪录片——《最后的专科生》。这部记录片发布之后,受到不少师生的好评。

开始时我们组确定了好几个主题,包括学校发展史、孤儿院的儿童、修鞋匠的故事等,但是在经过王延鹏老师的审核和我们的具体操作实施后,发现备选的主题不是大而空就是在操作中难以获得被拍摄者的配合,所以急需选一个切实可行的主题。我们即将毕业了,原本我就想过以身边的同学和生活为题材,记录下我们在毕业前的点滴生活,也算是对大学生活的纪念。当遭遇选题挫折的时候,组内一个同学重新提出了这个选题,我当即表示赞同,于是最后选定了拍摄我们班的同学生活这个主题。这样一个选题既具有现实意义,又富含情感价值。

接下来的工作并不像预料的那样顺利,我们接二连三地碰到了各种难题,比如拍摄时间长、设备借用期短、课程作业较多、不能及时获知班里同学的生活动向、不熟悉拍摄纪录片的方法和后期剪辑制作过程复杂等等。但是,在学院诸位老师和组员的大力支持下,我们想尽办法克服了各种困难,两次得到学院延长设备借用期限的许可,广泛收集拍摄了大量素材,老师和同学们也积极配合拍摄和采访,使我们有信心坚持了下来,并最后完成了纪录片的前期拍摄。

原本以为后期剪辑制作会稍微容易一些，但实际情况却恰恰相反，我们在这个环节花费了大量的时间和精力。首先是甄别素材，面对累积的超过100GB的素材，只能先通览一遍，然后挑选出适于采用的部分，将其转化格式后分类保存。接着进入更加困难的剪辑制作阶段，先把所有素材依据主题进行粗剪和调整先后顺序，然后花了大量时间进行精剪，接着是添加必要的转场和字幕、写旁白和配音，最终才是完整作品的导出。这部纪录片的拍摄制作让我们付出了大量的体力、精力和情感。而当看到作品在大家面前播放并得到了老师和同学们的认可之后，我们心中的那种喜悦之情也是不言而喻的。

在这次纪录片的拍摄制作过程中，我学到了很多东西，对同学、对老师、对剩下的大学时光，以及对自己的人生都有了长足的认识，其中的那份情谊最使我感动。我深深体会到了同学间，以及老师对我们新闻班的深厚情谊，体会到了被爱、被关怀的感觉，并把我全部的爱投入到了这部片子的制作。当我采访我们班的同学时，我深入地了解到他们的内心世界，了解到他们对新闻班，以及对即将毕业的同学们的深深眷恋；当我采访老师与别的班级同学时，我也被他们对我们高度的评价与真诚、美好的祝愿所打动；当我听着水木年华那首《启程》一帧一帧地剪辑片子、一字一句地制作字幕时，我的眼中不禁含满泪水。我并不仅仅因为片子而感动，我还因为我们班的这群人，以及我们在一起度过的大学时光而感动。我也相信每一个人在看了这部纪录片之后都会理解我的感受。

我们制作纪录片时，虽然有些时候很苦很累，但是现在看来确实是很值得的，这将成为我们大学里为数不多的可以珍藏的闪光点之一。在这个过程中，我们充满激情地为了心中的梦想而努力付出，不仅加深了与老师与同学们的情谊，而且把大学生活真实地记录了下来。我相信在10年、20年甚至是50年之后，当再一次看到这部纪录片，我们一定会庆幸现在的选择。

（原载《青岛科技大学报》第552期）

一个媒体人的责任

仲崇红

为期三周的实习终于结束了。在实习中我见到了很多人,也了解了很多事,学到了很多书本上没有的新知识。我终于意识到作为一个媒体人所应必须具备的素质之一:社会责任感。

当我第一次进入齐鲁晚报青岛记者站的时候,我看到的是一个个忙碌的身影和一张张干练的面庞。这一幕,给了忐忑不安的我深深的震撼,原来,工作在社会上的媒体人是这个样子的。不久,我被分到了时政部。我实习期间的指导老师是李珍梅。她在时政部负责教育方面的新闻,亲切地叫我"妹子",我则称她为"珍梅姐"。珍梅姐给我了一份通稿让我改成600字左右的消息稿,这是我实习期间做的第一件事。我既兴奋又激动,花了不到一个小时就改好了,然后很是激动并忐忑地交给了珍梅姐。珍梅姐给我上了作为记者的第一课:新闻写作要有真实性和完整性,不要主观臆造人物的说法,还要把读者关注的事情写清楚。

第二天,珍梅姐就带我去采访了青岛理工大学的三名土木系工程专业的学生,他们组成的代表队获得了全国结构设计大赛的二等奖。这时,我有些疑惑地问:"珍梅姐,既然我们已经有了他们校园网上这个消息的大概情况,直接改写一下写成消息不是更省时间吗?"珍梅姐笑着摇摇头,细心地对我解释道:"作为一个记者,掌握第一手的资料是很重要的,网上的一些内容不一定是准确的,而我们要的是由当事人亲口说出的真实语言,这样才能最大限度地保证新闻的真实性。只有见到了人,问出了你想要了解的问题,了解了你未知的情况,才能写出成功的稿子。"我恍然大悟,媒体人对新闻真实性和完整性的维护与责任并不是纸上谈兵,它确确实实存在于媒体人的工作和生活中,并作为工作的基本准则被媒体人时刻记在心里并运用着。

实习到第二周的时候,珍梅姐让我去采访我校四方校区一位名叫于海的大四男生。这位男生因为白血病复发无力救治,急需社会的帮助。在四方校区,于海的同学们向我介绍了于海同学的情况。于海是名很优秀的同学,他学习很好,能力也很强,可惜"天妒英才",患上了白血病。"一分钱难倒英雄汉",等在医院里化疗的于海还没凑够做骨髓移植的钱,而只有进行手术这个如阳光般温暖的男孩才有可能活下来。"我们知道你是新闻专业的,关于这个我也不太懂,不过请你帮帮忙,于海的事情就麻烦您啦。"于海的同学张山泉说。当看到同学们为于海焦灼不安四处筹款的情形,我被这深深的同学情感动了。我真切地感受到了作为一个记者的责任:我可以帮助人,我要尽力维护社会基本的价值观,尽我所能帮助需要帮助的人。

回到宿舍后,我平静了一下心情才开始写稿子。作为一个记者,不管情绪如何,文字都要做到客观公正。在稿子中,我尽我所能地写出了于海的病情和现在面临的窘境,稿子很快就发表了。随后,我和珍梅姐又连续报道了四方校区为他组织的募捐情况,还联系了青岛的蒲公英公益为于海在台东举办报纸义卖活动,齐鲁晚报青岛记者站的记者把筹集到的善款亲手交到了于海的手中。这次长达一周的连续采访和跟踪报道让我又一次认识到了记者社会责任感:弘扬社会的核心价值观,守护真善美。

在实习结束的那个星期,我又一次被一个群体——无偿献血志愿者队伍所感动。因为报社需要一个跟踪无偿献血进社区、进农村和进学校的活动,所以我认识了志愿者队的仇队长并跟着他跑了三天。这三天,我们从王哥庄到河套再到流亭,初次献血和多次献血的人络绎不绝,志愿者们也因此忙得几乎片刻不歇。

接待完又一波的献血者，仇队长仍然神采奕奕，跟我畅谈起他的理想："我想让无偿献血成为一种常态，形成一种潜移默化的影响力，将爱心献血车开到千家万户的家门口。"已经50多岁的仇队长至今仍保持着每月一次捐献血小板的习惯。他自豪地对我们说："人是唯一一种可以用自己的血液救治同类的动物，无偿献血的益处需要整个社会的了解，希望无偿献血的事业能得到更多人的支持。"河套地区的组织者李伟强虽然几年前受过伤，但仍然决定再献血200毫升，因为他感觉"现在不是小青年了，再不献以后没机会了"。这些无偿献血的人和事总是轻易地让人感动，而作为一名记者，我深深体会到了在媒体工作的责任感和自豪感。

　　实习三个周，感觉就像过了很久，又像过了另一段不同以往的人生。我更加明白，作为媒体人，有责任守护住人们心中的那份善意。

（原载《青岛科技大学报》第652期）

为未来奋斗一次

丁 菁

工作还是考研,我曾经为这个问题纠结了很久很久。当内心的天平偏向考研并下定决心想要走这条路时,我却忽然发现又走进了另一个未知的世界:不知道要报哪一所学校,不知道该选哪个专业,不知道怎样去准备,不知道要不要报考研辅导班……

不久前,我参加了我们传播学院石晨旭老师组织的考研沙龙。石老师针对我们的问题,结合她自己的考研经历与经验为我们进行了分析和解答。

要工作还是要考研,这是每一个大三学生都在面临的问题。可是鱼与熊掌焉可兼得,冲突是一定的。在我们备战考研时,正是很多优秀的企业招聘之时,而当我们考研结束后,就错过了这些优秀企业的招聘机会,这是一种难以想象的压力。但是,既然选择了考研,那么就要坚定地在这条路上走下去。在考试前这段时间内,我们必须要把所有的精力都投入到复习中,尽量不要被身边找工作的同学分散了精力。但当初试结束后,就要把关于考研的一切都放到一边,专心找工作。

当然,事情没有绝对的。如果是在备考过程中,我们遇到了一个很喜欢、非常向往的工作机会,那么就应该抽出一部分时间来准备这家企业的面试。如果成功了,就多了一次选择的机会;若是失败了,就不要再去想它,全身心地继续投入到考研复习中去。

在如何选学校和选专业的问题上，石老师的建议是可以先选学校再选专业，我也赞同这一观点。因为考研的目的，便是要进修、提升，而且好的学校环境会给我们更好的资源、更多的机会、更大的平台。比如，我们传播类专业，适合的学校有北京大学、中国传媒大学、厦门大学、中山大学、暨南大学、南京大学、武汉大学、华中科技大学等。在选择学校时，还要结合我们自己的能力与兴趣来作决定。选择一所理想的名校是一种高风险、高回报的投资，因此不可以太过盲目、不切实际。我们要多方搜集资料，更详细地了解适合自己的院校，通过查看招生简章或者历届考试试题来确定这所院校是否在自己的能力范围或努力范围之内。同时，我们要尽可能地选择自己喜欢的学校、喜欢的专业。追求自己的梦想是我们考研的动力，它会鞭策我们不断前行并坚持到最后。

确定了考研目标院校和专业进入备考阶段后，制订详细的计划也相当重要。

我们可以通过上网查询或者请教老师来了解目标院校的相关专业的基本情况，并了解有哪些学长学姐考入了该校，通过人人网、QQ、MSN等多种方式与他们沟通，向他们请教考研经验并求取相关考研资料；亦可以通过关注目标院校导师的微博等了解相关的专业信息和学术动态，有机会的话可以与导师进行互动。但值得注意的是，在与学长、学姐或导师进行互动、沟通时，一定要注意沟通的方式和技巧，切不可鲁莽行事，以免适得其反，留下不佳的印象。

要尽早开始对英语的复习。可以自学，也可以通过参加考研辅导班来帮助自己复习。鉴于在复试中有口语测试，日常的口语练习也是必要的。在政治课的复习上，有基础的同学可以在考试大纲出来后开始系统、重点的复习，也可以选择考研辅导班进行最后的冲刺，由老师帮助自己进行最后的系统复习及向老师学习相关答题技巧。

考研是一个漫长且艰辛的过程，面临的压力可想而知。为了更好地备考，我们必须学会如何为自己减压。女生可以偶尔结伴去逛街、唱歌或者看电影，而男生则可以进行一些体育活动，如打打篮球或跑跑步。这样，既释放了压力,又锻炼了身体,可谓是一举两得。在备考过程中要注意饮食,切勿饮食不规律或暴饮暴食。这一方面是为了自己的身体健康,另一方面是为了自己的个人形象。

最后,我想说的是即便我们不奋斗一生,也要奋斗一次。考研,会让我们完成人生的一次华丽转身。但行百里者半九十,希望我们所有有意向考研的同学们都能够坚持到最后且都能够梦想成真,我也期待着考研沙龙的后续活动。

(原载《青岛科技大学报》第653期)

风景独好

西藏印象

谢姊宸

西藏,也许真的是一个梦,它活在每个人的心中,但可惜的是,这个梦很多人都没有实现。和大多数人相比,我是幸运的,而这次说走就走的旅行,源于一次一拍即合的约定。

我依然记得飞机在贡嘎机场的最后一段滑行,我依然记得当第一缕稀薄的空气涌入鼻腔时的心情。相比于对高原反应的担忧,我感受更多的是期待与欣喜。这是我的第一次旅行,它不是终结,而是一场全新的开始。

西藏,是令人无法理解和揣测的地域,这里有立体而饱满地悬在蓝海般天际的白云,有湛蓝得允斥着压迫感的天空。8月16日,这是我在西藏的第一天,不能说会永生难忘,但一定会深刻记忆到骨髓里。

我们乘公交车去拉萨市中心的繁华地带。一路上,我们感受到藏族人民暖暖的情谊。在很多人的心里,西藏是神秘和神圣的,但对于身处其中的我来说,并不神秘,反而很亲切。

在西藏,甜茶作为一种生活必备品,得到了藏族人的青睐。正因为如此,在西藏,甜茶馆是随处可见的。当地那些越是糙旧古老的茶馆,越受到当地人的喜爱,很多上了年纪的藏族人早已把到这里喝茶视为一种习惯。来这里喝甜茶的藏族老人,脸上印满了岁月的痕迹,不知对于这个习惯,他们已经坚守了多少年。一杯甜茶,对于我们这样的游客来说只是经历,而对于他们来说却是一种满足。或许，正是这种满足，给了他们生活中最质朴的幸福。

那天，最令我印象深刻的就是坐在我对面喝甜茶的阿嬷。在现在的记忆中，她的脸庞已经模糊，但她每每咽下一口甜茶时脸上呈现出的满足的神情，却让我难以忘记。西藏其实是一个相对封闭的地方，即使近年来逐步发展起来的旅游业让这片区域开放了许多，可是对于那些年迈的老人来说，他们的思想依然专注于眼前的地方。他们或许一辈子都没有看到其他地方的风景，他们或许注定要在这片神圣的土地上结束自己的一生。因为眼前的一切就是他们的全部，所以他们并不孤独，也没有再高再远的追求，这未尝不是一件好事。

说到这儿，我不禁想要进行一个比较。在我们心中，北京和西藏是两个完全不同的概念，一个是国家首都，政治、经济、文化的中心；一个是神秘地域，相对封闭而落后，这是大多数人的印象。诚实地讲，在行之前，我也有过这样的想法，但是在西藏的9天时间让我留恋，又是因为回来时途经北京，让我有了更深的感慨。在北京的地铁上，几乎人人都把目光投在手机上，或是看新闻，或是玩游戏，除非到站，否则谁都不情愿抬起自己的头。我不能说这是一种人际关系的淡漠，也许这已经是大都市人习以为常的社交模式了。但是在西藏，迥然不同的事情却发生了很多。在用餐和乘车的高峰期，拼桌和拼车是再普遍不过的事情了。我要说明的是，这和大都市里"蚁族"的"拼"是很不一样的。他们的交流是亲切而自然的，即使前一秒还是陌路人，只要这一刻坐在一起，都可以像朋友一样交谈。无论你是本地人还是游客，当对方露出洁白的牙齿向你示好时，一种无法抗拒的亲和力就在你的脑海中形成了。

人都是感性动物。因为感性，本地居民对外地游客展现着最友好的一面；因为感性，本地居民会无所顾忌地欢迎远方的客人加入到他们的广场舞队伍，与他们一同舞蹈，共享欢乐；因为感性，即将离开这片土地的游客流连忘返；同样是因为感性，初来西藏的我们爱上了这里，我们爱的不仅是这里的神圣，还有它的亲切。它的人们和它的日光一样，暖暖的，让我们感觉幸福。

  在西藏的9天时间不仅颠覆了我许多错误的想法，同时也让我深深地了解了这片土地。故事终有结尾，旅途终会结束。那张我为自己寄出的明信片已经辗转多处寄达青岛，太多的感叹也要有个收尾。这一刻，我只想说：西藏，原来曾经的我们，根本不懂你。

（原载《青岛科技大学报》第677期）

秋风沉醉的晚上

余德昌

我自小生长在南方,江南的秋天,万木凋得慢,气温也降得着实很有耐心。十月之后的"小春"天气也绝不短于那简短的真实的春天。立秋前后便开始有三三两两的叶在急切地追求着那临终一瞬的自由放肆,冬至过后寒风肆虐时,最后一片残叶还迟迟不忍离开枝头。

到了青岛,这边的秋虽然短暂,却也是别有风韵,尤其是在有着几丝清风的晚上。此时天色已经完全暮黑了下来,算不上是黄昏;还没到午夜,屋外的一切似乎未曾比白日里安静多少,这便是晚上。青岛的一年四季几乎没有哪一天不是伴着风的。春冬两季的风往往比较凛冽、更显生硬,唯有这飒爽淡雅的秋风更能让人接受和欢喜,不会感到一丝凉冷,或许还能帮你驱赶一些运动过后的余热。

这夜色,再加上这绝美的秋风,是很值得去屋外走一走的。或是一个人独步园外,看这秋风扫过枝头,听脚步的独语,想一想此刻迸进你思想中的念头,安享这沁人的秋风;抑或是几人结伴而行,谈一谈平日里难得互诉的心思想法。但最好是寻到比较清静的去处,不然热闹的场面会让你忘却风的存在。这个时候,细腻的秋风会把你身体的每个角落吹拂得舒畅至极,一种未曾有过的轻快与惬意便是这秋风赠予你最佳的恩惠。

青岛的夜晚很少见到星星,应是海雾的影响,只有一轮格外明亮的月悬在你顶上。月下还总会伴着几层薄云,这可能便是秋月的朦胧罢。这一切都是安静无扰的。当你漫步走过时，路边杂草中石缝间的几处蛩声就格外分明了。按时令推算，已经接近中秋，但我怕有几只蝉也想偷偷跟着享受这让人沉醉的秋风。似乎秋蝉给予人的总是那淡淡的愁怀，古代诗文中也有很多寄忧郁之绪于秋蝉的。刘禹锡的"蝉声未发前，已自感流年。一入凄凉耳，如闻断续弦"，柳永的"寒蝉凄切，对长亭晚"……也有人误以为蝉是靠餐风饮露为生的，故把蝉视为高洁的象征，并咏之颂之寓以抒发抱负。虞世南的"居高声自远，非是藉秋风"，李商隐的"本以高难饱，徒劳恨费声"……但我此刻听及的蝉声却如此清新别致，鸣得不缓但亦不是很急，正应和了这迎面拂来的秋风以及我此时的心境。定睛细看那路边的草，在不明的灯光的映照下也是如此的清新，好比初夏的早晨；再透着秋蝉的雅颂，就更加感觉每一棵都别具生气了。

秋天总是免不了有雨的。"一场秋雨一场寒"，秋雨也成了秋天的一种象征。然在这边，这瞬短的秋，便更能体味到雨的存在。秋雨没有春雨那样让人揪心的缠绵，亦没有夏雨那般急切和猛烈，唯有这一层甚过一层的凉意让人不禁间捉衣覆肘。"雨到深秋易作霖，萧萧难会此时心"，雨在秋日更是让人琢磨不透，下得有内涵，下得有深意。岛城的秋雨一直是伴着雾的，天空云层压得很近，白日里万物都被蒙上了一层灰色。有段时间我会产生这样一种奇怪的念想，在这蒙蒙的秋雨中倘若有一对素衣的情侣，共握一把南方油纸伞，走在有着三三两两行人的径直的道上；这是否也能让人品到一番或是徽州或是江南雨巷的韵味来呢？

到了晚上，这一切又像是变化了，雨歇了，空气也特别清脆。万物又像是恢复到初春时候的样子：洁净、明了。这刻你若是出来蹓蹓，秋雨过后的凉意加上这醉人的轻风，这种感觉岂是一个爽快能概括的？草木之上都还留着几点净洁的雨露，在微风的爱抚下撒落到你的脸颊臂腕，还有野路上几处残存的浅渚。这便能让你感觉这雨露似乎变得圣洁了。爱独处的人不妨去到郊外的山上或是此刻人数甚少的公园里，在刚被清洗过的岩石或是一尘不染的长凳上停留片刻。不为别的，只为这一夏过后的清凉和那让人沉醉的秋风。

不论晴朗还是落雨，在这秋风沉醉的晚上出来走一走，亦算得上你品读过岛城这虽短暂但不乏风味的秋了。

（原载《青岛科技大学报》第544期）

稻 田

卓纪恒

"明月别枝惊鹊，清风半夜鸣蝉。稻花香里说丰年，听取蛙声一片。"辛弃疾的这首《西江月·夜行黄沙道中》总是朗朗上口，令人记忆犹新。我总记得小学时候学的这首古诗词，还有那时候家门口的稻田。

南方的夏天总是很早就开始，清明之后的两个礼拜经常已经是短袖伴身。夏夜，我们总是习惯于在老屋的院子里吃晚饭。皓月当空，星星总是又亮又多。你可以轻易地找到各种星座，你也根本数不清到底有多少颗星星在星空对你眨眼，天空总是美得让人心醉。来自田间的风总是清爽得让人愉悦。我总是沉湎于那种幸福里，清贫但是生活安逸。吃过晚饭，大人们会在院子里喝喝茶，聊聊天。田间的青蛙聒噪得叫个不停，此起彼伏，你争我夺。响亮的声音不但不会让人厌烦，反而让人感到一种舒适。这是夏天之夜的歌声。

我和弟弟喜欢坐在院子的围墙上，一米高的围墙下就是一大片广阔的水稻田，我能清晰地看见水稻被风吹拂得左右摇摆，一排排地弯腰，又一排排地直立起来，像浪花一样。我能感受到一种辽阔的震撼，壮观得让人惊异，即使黑夜的视线是有限的。水稻田里总会出现几处微弱的光芒，那是捕蛙人在拿着手电筒抓青蛙呢。他们像一个个黑夜巡游者。爸爸说青蛙被光一照就会乖乖地待在原地不动，我对爸爸的话总是不怀疑的。约莫八九点的时候,妈妈就会叫我们去洗澡。我们总不愿去浴室洗,铝制水塔存放的水被太阳晒得微热,我们总是吵着要在井边洗。七八岁的我,后面跟着比我小三岁多的弟弟。我们会在井边打水,然后把水从头上淋下。水总是凉爽得让人精神亢奋。我们会嬉戏,互相泼水。穿着小内裤,光着膀子,玩着,笑着。有时候来打水的叔叔婶婶总会开开我们玩笑,但那都是疼爱。洗完澡,我们还能在院子坐会儿,也学着品几口茶,吹吹风,最后睡觉。

　　清晨,水井是个热闹的地方,有打水的、洗衣服的、刷牙洗脸的、淘米的。看起来忙忙碌碌的一群人却也表现出无比的安逸幸福,边洗着衣服边聊着,遇到同来打水的打个招呼,微笑致意。湿漉漉的井沿,涤荡的井水。阳光从东边升起,会照耀这一群幸福的人。井边不远就是稻田了,水稻开始染上一层金色,水清澈得可以看见土壤,有些青蛙又开始鸣叫起来了。我总是习惯在井边刷牙洗脸洗头,水总是那么清澈凉爽,洗掉一晚的污浊之气,唤醒细胞和神经。我喜欢看着这一大片辽阔的稻田。不知道为什么,平平常常的它们,总是让我感觉那么美。视野如此开阔,稻田和远处的房子、公路融合得不容一点修饰。

　　六月中旬的时候,水稻已经结满了稻穗。一大串饱满的排列整齐的稻子垂下来,像要把水稻的颈压断了似的。视野前方那辽阔无比的稻田是金黄色的一片,那种美,我已经很难去形容。收割水稻是件全家总动员的大事,上班的会请假收割。带着草帽,穿着短裤长衫,赤着脚,拿着弯弯的镰刀,这是收割人的一般形象。清晨六点来钟就开始收割,十点多收工,中午美美地睡一觉;下午三点来钟,太阳光弱了,再去收割,夜黑了就停止。有些人负责在田里收割,有些人负责把稻子运回家里,用脱粒机脱落稻子,除草;然后用风扇扬去尘和小杂草,最后再摊在院子上晾晒。有些人家一天就能收割完,有些人家得忙上好多天。看着门口的金黄一片一片地减少,也不会感到失落,因为这是丰收。

　　收割稻子的时候,很容易逮到些青蛙、鳗鱼、鲶鱼,这是丰收的附加馈赠。晚上吃上这些野生的美味,幸福无比。晒稻子的日子,你会发现村子的水泥路上,各家的院子和屋顶上也都是稻子,幸福的味道是那样强烈。

11岁的时候，大型的土方车载来了一车又一车的土，覆盖一方又一方的水稻田。推土机夜开进村，碾平了一寸又一寸的生机。我还记得那些稻子还是绿色的，夏天之后的第二季水稻。村民拿到了土地和稻苗的补偿款，漂亮的小洋房开建了，我家门前再也没有水稻田了。陆续的，村子的稻田也基本消失了。每次回到老宅，我总能想到那些小别墅下还有绿色的水稻在那年的夏日的尾巴里生长。

　　后来的几年，我只能偶尔见到水稻。姨妈家的门前也是有片稻田的，每次去，我总用些时间来欣赏那一片稻田。只是后来，它也渐渐消失了。

　　我已经好几年没有见到稻田了。

　　侄子现在也六七岁了，如我当年在井边洗澡坐在围墙上看稻田看星星的年纪。只是，他从未见过稻田。

　　我不知道，这是不是一种遗憾：生命里少了片稻田？

（原载《青岛科技大学报》第626期）

一个人的流浪

杨召奎

突然之间，很想去远方。想要去一个陌生的地方，独自流浪。就这样，一个人在今年的暑假离开青岛，开始了流浪的生活。

记得有位旅人说过："离开总是充满了未知，你不知道下火车时映入眼帘的将是一幅什么样的景象。"

买的是到上海的车票，不知道为什么，在火车到达苏州的时候我就忽然决定下车。深夜两点，一个人，到了一个陌生的城市，漆黑的夜晚，昏黄的路灯，看不清风景。虽然有些疲惫，有些恐惧，但是整颗心都充满着对这座陌生城市的憧憬，感到的却是兴奋。到了旅馆，进了客房，锁上门，放下包，踢掉鞋子，喝了几口水，狠狠地扑在床上，即刻睡去。

第二天，阳光从窗外射进来，猛然坐起来，环顾一切，愣了许久才恍然，我已经彻底远离了那个熟悉的城市——青岛。

其实，一直喜欢三毛，她能身上揣着三毛钱就去流浪，很佩服她那种说走就走的勇气与决绝，以及她对自由的执着。

就这样，我也开始流浪的日子。一个人，一直走，一直坐车，一直从苏州到上海到南京；一个人，抱着孤单的地图一直游荡在城市的各个角落；一个人，透过车窗望着那巍巍的山，想着山那边的梦中女孩；一个人，穿梭于长满葳蕤的法国梧桐的干净街道，看着它一直延伸到视野跌落的地方消失掉。

就这样，一个人，游荡在苏州的大街小巷。踩着青石路，看着青苔斑驳的墙、木制的门扉与镂空的木窗和清一色的乌檐青瓦，跨过各种形状的石拱桥，一边感受，一边和印象中的江南比较。一个人站在一幅唯美的图画中：古镇、深巷、小桥、流水，阴柔婉约的江南女子，琵琶与扇子。

就这样一个人，看着黄浦江对面的东方明珠，我想自己真的来到上海了，却像做梦一样。抬头看着高高的玻璃大厦，阳光闪耀地刺痛双眼。看到西装革履的男士、蹬着高跟鞋穿着职业装的女白领匆匆走过，盛气凌人。一个人，开始在陌生的城市，想自己的未来，想到自己感到有些力不从心。

一个人，戴上耳机，听朴树的歌：在我生命某个角落静静为我开着，我曾以为我会永远守在她身旁，如今我们已经离去在人海茫茫。然后，一个人，怀着一颗虔诚的心去参观一座寺庙，在那棵许愿树前许愿。

一个人，在晚上，读安妮宝贝的文章，总能体会到流浪的滋味。流浪，如流而逐，如浪而散，飘忽不定。如安妮宝贝所说：一朵飘在蓝天下的白云，没有飞翔、只是漂泊，没有方向、只是流浪。

一个人，忽然在密密麻麻的人群中看到黑发中已泛起银丝的人就会想起自己的父母，想起他们的辛苦，想起他们黑发中的白发，想起有关他们的一切。想到心酸，最后落了泪。在这个陌生的城市，开始觉得与父母相隔那样的遥远，那样遥远。

一个人，在21岁生日之前，独自流浪于一座陌生的城市。忽然想到尚雯婕在20岁前的法国之旅。她说那是一次与梦平行的旅行。我也是携着梦想远行，一切也都显得那么无憾。

一个人，一直在一所所憧憬的大学门前徘徊。因为没有努力，最终对它只能变为一种单相思；因为缺少勇气，所以我唯有在它门前徘徊，却因为它在这所城市，所以恋上它的同时也恋上了这所城市。

一个人，踏过只属于这座城市的刻着岁月沧桑印记的石板路；一个人，用相机拍下一段段只属于这个城市与我之间的回忆；一个人，走过咖啡厅高大的落地窗时看到一对恋人相拥而坐；一个人，在这所城市的某个公园看一大群的老年人晨练；一个人，深夜在房间昏黄的灯光下记日记；一个人，开始收拾行李；一个人，准备离开；一个人与房东太太告别；一个人，买票；一个人，打车；一个人的流浪，结束。

一个人，一切都归结于我不再是个年少轻狂的孩子，我已经长大。一个人的流浪结束了，也是一个开始。

而我相信，每个人的灵魂深处都隐藏着流浪的冲动。说不定某一天，你就会打好背包，独自远行去一个陌生的地方，然后在陌生的人群中找回迷失已久的自己。

（原载《青岛科技大学报》第541期）

岛城之秋

刘兆鹏

当八大关的法国梧桐幽幽地飘落第一片黄叶时,当沂水路旁石头墙上的爬山虎泛起一抹红晕时,当熙熙攘攘的避暑游客退潮般远去时,当碧波荡漾的海上升起一轮清澈的秋月时,当沙子口的渔船结束休渔期整装待发时,你知道岛城最美的季节已经悄然来临。

天高云淡,适宜登高望远。

一场又一场掠过的秋雨给胶州湾沿岸送来秋的讯息,海边矗立的大小山峦依次披上了五颜六色的外衣。你跳下5路电车沐浴在午后的秋阳里,走在那窄窄的铺着碎石街道上,斑驳的旧墙上是你时长时短的影子,不时出现的幽深门洞两边。不远处的圣弥厄尔教堂那巍峨的双子塔楼依然闪耀着神圣的光辉。一路逶迤向上前行,转过了路口又上了几个台阶,你发现了一株早已落尽叶子的老梧桐树,孤寂地挺立在略显破旧的德式建筑旁,光秃秃的枝丫仿佛还在轻轻地诉说着夏天的故事。不知不觉登上山顶,举目四望,碧空如洗、群山红遍、层林尽染,古树间疏掩映下的是数不尽的红瓦和人来车往的街道。奔到眼底的还有那一湾的迷人秋色,轮船、小青岛、栈桥、教堂若隐若现,独在异乡的你插上了一枝茱萸,念天地之悠悠,独怆然而涕下。

明月清风,适宜持蟹饮酒。

季风一到，你知道满载鲜活海鲜的渔船在小港靠了岸，食指大动的饕餮之徒自然不会错过菊开蟹黄的时节。当"姜大妈"和"醋小姐"陪着色香味俱全蒸熟的"无肠公子"上了桌，你再也按捺不住下了狠手，撕之敲之，咀之嚼之，吸之吮之，不亦乐乎。大快朵颐之余的你知道性寒之物不宜配上醇厚浓冽的青岛啤酒，那就温上一壶即墨老酒慢慢地浅饮细品吧。没有低唱的小红，并不妨碍你放上一曲凄婉悠长的《二泉映月》。如水流般的丝竹之音将你带入了那个有二十四桥的明月夜，就是不知道玉人究竟在何处教吹箫。有酒有蟹，李太白举杯可以邀天上明月；赏菊赏月，苏东坡把盏不知今夕是何年。这时的你似乎达到了物我两忘庄周梦蝶的境界，聚散荣辱也罢，冷暖悲喜也罢，更尽一杯酒吧，莫辜负了这良辰美景花好月圆夜。

冷清秋夜，适宜怀旧思人。

夜深了，窗外不知名的秋虫不停地低声鸣唱，仿佛是梵婀玲上奏着的名曲，轻轻地拨动着你深藏的心弦。古人说得真好，"露从今夜白，月是故乡明"。可是何处又是故乡呢？朦胧中的你暗暗地问自己：是那个有着三五条大街七八个小巷，有着花红柳翠的十里郊外，有着一床明月半床书的桑梓之地吗？是那个可以夜听雨打芭蕉的锦江畔，可以访仙问道的青城山，可以今夜把你遗忘的红粉蓉城吗？还是这个绿树红瓦碧海蓝天山海一色涛声依旧的欧韵岛城？都是，又都不是。星河灿烂秋夜无眠的你轻叹物换星移，流年暗转。

呵，这就是岛城的秋天。

（原载《青岛科技大学报》第642期）

秋意怀想

王伟佳

我是一个喜欢怀想的人,特别是在秋天。

叶子落了,是树的不挽留还是风的呼唤呢?我想,是叶子想要去找寻属于自己的自由吧。我坐在校园里的一棵大树下面,把书放在膝盖上,一页一页地翻阅着,此时,一片叶子落到了我的书上,我捡起那片落叶,放下了手中的书。

日子飞回到中学时代,那时候的我喜欢刺激和挑战,对于自己达不到的目标总是耿耿于怀,从不会满足于自己的成绩,我过得很不开心。记得初二那年的一个秋天,同班同学小超喊我下楼去赏枫叶,原本很不情愿的我硬生生地被她拽下去了。到了楼下,我惊讶了!我是有多久没有留意校园的变化了?路两旁的枫叶真的全都变红了。在这个秋意浓浓的傍晚,夕阳的余晖映衬着,远处的天空像是用颜料渲染成的一样,多美的画面啊!我简直不敢相信自己的眼睛,随手捡起一片落在地上的枫叶,轻轻地闻着它的气息,似乎能感觉到它是快乐的,因为它自由了。这个时候,小超递给我她捡的一片枫叶,背面有她写的字:"去找寻你的自由吧,期待你的微笑。"从那天起,这片写着字的枫叶就一直保存在我的课本里,在我疲倦的时候总是拿出来看看它,似乎就看到了我的自由。我对着它微笑,真心地微笑。

放下那片树叶,我又翻开了放在膝盖上的书,继续读着。当我看到书上的那一段描写风筝的文字时,我的思绪又飘到了远处。

我是个喜欢自由的人，从小就是这样。小时候邻居家的小朋友跟他的爸爸一起在广场上放风筝，那是个秋天有风的日子，风吹着树叶飘飘摇摇，阳光温和得能用亲切来形容，天空湛蓝湛蓝的。我远远地望着飞在天空中的那只风筝，高高地飘在天上，迎着风努力地向上攀升、攀升……我真的能感觉到那只风筝想要挣脱下面扯着它的线，它要飞到自己想要去的地方。在一旁看着这一切的我狠了狠心，掏出口袋里的小剪刀，快步跑到他们跟前，一剪刀剪断了风筝线，于是风筝自由了。可是我却要为此付出代价，那就是至今没有碰过风筝。那个小朋友哭喊着要我去给他追回风筝，可是它真的飞走了，再也不会回来了。我的爸爸为了惩罚我，便不准我再碰风筝。所以，我一直都是看着别人放风筝，心里默默地为风筝祈求自由，希望它可以飞到更远的地方。

看着书上那张风筝的插图，菱形的骨架，长长的尾巴，在空中随风飘摇。"它自由吗？"我问自己。"如果它的线断了，它会飘向哪里呢？会跨越高高的山峰，飘过无边的大海，还是会因为重力的吸引而投入到大地的怀抱？"总之，它是自由的。

这时候，校园的广播里播放着《稻香》，"还记得你说家是唯一的城堡，随着稻香河流继续奔跑……不要哭，让萤火虫带着你逃跑，乡间的歌谣永远的依靠……"我记得小时候我经常跑去田地里玩耍，每到秋天，地里的庄稼都快成熟了，伯伯们都在自己的田地里扎了一个像模像样的稻草人，所以稻草人就成了我那段时间的玩伴了。我是个顽皮的孩子，每次去田地里玩的时候总是把别人家的稻草人带回家，爸爸看着那些被我抱回来的稻草人总是无奈地为我的天真"买单"。但我却觉得，秋天是稻草人的自由节日，我不喜欢它们静静地站在那里，我希望那些小人儿们可以快快乐乐地生活，可以跟我一样，在秋意里畅游，自由自在。

"童年的纸飞机，现在飞回我手里……我靠着稻草人吹着风唱着歌睡着了……"广播里的歌曲还在继续放着，我的思绪又飘回到当前。

我彻底地放下了手中的书，平躺在大树下面的草地上，看着落叶，看着天空，嗅着泥土的清香，听着《稻香》，在秋意里，无限怀想……

（原载《青岛科技大学报》第679期）

我为什么要旅行

葛 宇

某天,有个人突然问我:你为什么要旅行?

我为什么要旅行?在这个无数人信誓旦旦地说"人生需要一次说走就走的旅行"的时代,每一刻都有人在职业旅行者通过照片与文字对旅行的美化中受到鼓励,以不同方式作别当下、踏上旅途。但有时,人们似乎并不能够在这种旅行结束时达到自己当初对旅程的期许。

三木清在《论旅行》中说:"只以到达目的地为目标而不体味旅途的人,不可能真正地懂得旅行的情趣。"这或许正是我每一趟旅行都带有"目的性"的原因。因为我总觉得,单纯追求一座城市的"标志性"风景,并不足以满足我对某座城市的渴求,且在成千上万的旅客中,这场旅行也不再会对自己产生一些"私人化"的影响。

我曾经于某个夏天在上海的城隍庙的十字路口偶遇过一名少女,她有着电影《情人》中那位生活在越南湄公河畔的法国少女一般瘦长的身形,穿着碎花长裙和细带皮凉鞋,圆帽压着麻花辫,低着头在夕阳的轮廓里擦过我短暂的旅程。但那瞬息怦然心动却躲过了时间的冲刷,牢固地嵌在了我记忆的深处。

我曾经带着那本《边城》,去没有翠翠的凤凰,寻解过一段宽慰,从而不再轻易地错怪翠翠的过度纯真、爷爷的用心良苦,以及命运的阴阳差错,继而深入理解了沈从文先生的那句"一切充满了善,然而到处都是不凑巧。既然是不凑巧,因之素朴的善终难免产生悲剧"。

我曾经在青岛的一家青年旅舍里,和俄罗斯人开了一瓶冰啤,浅显地分享故事,后来在瓶颈相碰的那一瞬间,想起北岛《波兰来客》中那句"那时我们有梦,关于文学,关于爱情,关于穿越世界的旅行",不禁为年轻且澎湃的心而感动。

所以我愿前往南京,去被评选为"年度最美书店"的先锋书店,在爱书者们因对知识的尊重而产生的氛围里获得一份相惜的感动,去尝一只黎戈笔下"鸭子视季节而定,烤鸭丰腴多脂,宜秋冬,盐水鸭清瘦适口,宜春夏"并"惠南京人大矣"的鸭子。所以我愿前往上海巨鹿路,在曾点亮过我青春、静伫于红瓦绿树间的《萌芽》杂志社前留念。所以我愿带着自己的故事,去陌生的地方,去见另一个故事。

我为什么要去旅行?或许是因为我想从固有的生活方式中解脱出来,在旅途中获得好奇心,从而在新旧事物中思考、感受平时生活中被忽略的角落,获得独特的私人性的经历和感受。每一场旅行都是遥远且未知的,旅途的新奇让人兴奋,但其不同于日常生活的磁场也容易让人惴惴不安。在旅途中,我们遇到的并不全都是"亲爱的"陌生人,也不全都是畅销书中美化的风景。但我想,正是这种特性的旅行,让我在一次又一次的旅行中遇见更好的自己。从而在旅行结束后以更好的精神状态投入到当下的生活中去。

我们为什么要旅行?这或许并不是一个适合被带着去旅行的疑问。因为当我们选择了踏出第一步时,前方便自有了答案。我只愿每一位在路上和即将在路上的旅行者去相信:不忘初心,方得始终。

(原载《青岛科技大学报》第688期)

清明·夜雨·泡桐

宋义远

清明前后确实是个种瓜种豆的好时节,冬天残留的寒冷早已消失殆尽,天气尽管总是阴沉沉的,但温度总是令人愉快;偶尔会下几场毛毛雨,黏糊糊地粘在身上。

学校西门有一棵很老的泡桐树,经过几场雨水的浸泡,渐渐从冬眠中苏醒,皱巴巴的树皮散发着潮湿的气息,每次去搭公交路过那里,总会有莫名的感动。

天气已经很暖了,吹来的风中带有早开的花的气息。柳树已经泛起鹅黄,一丝丝的很诱人。这样的季节,很容易胡思乱想。想起寒假时整理以前的日记,从小学到高中,带着新旧不一的灰尘堆在我面前,半米多高,突然觉得很自豪,原来我就是这么长大的。QQ上那些曾经聊得很嗨的朋友们,最近的消息停留在去年,最多的交流不过是在他们空间动态后面点个赞。前几天高中同桌发了一组他们学校的照片,最后@了我一下,让我去他们学校看花。他真的一点都没变,还是那么单纯善良。突然想起两年前大概也是清明时节的一个黄昏,我们匆匆从食堂返回教室的路上,他也是用一种天真活泼的语调对我说:"泡桐花开了吧,我都闻见香味了。"不过,那时的我们都在水深火热的学习中煎熬,没有多余的感情去挥霍。

泡桐大概这几天就要开了。仿佛看到漫山遍野闪烁的紫色,泡桐的味道和它的颜色一样浓郁，却又和它的树干一样轻快，很熟悉的味道。如果外公还在，恐怕又会拿一个大竹竿绑着他的拐棍去勾下一把泡桐花喜滋滋地插在酒瓶里。那几天，家里一直是这种味道。

小时候住外公家。外公家的小院门前有一棵很粗很高的泡桐，比我妈都大几岁。每到开花的时候外公就会泡上一壶茶，眉开眼笑地跟我讲他年轻的时候跟外婆的事。沉默寡言的外公难得这么有兴致，我只好坐在我的小板凳上托着下巴装着第一次听的样子听他讲完，在厨房忙碌的外婆老是羞羞报报地往这边瞅。不过，我真的很佩服他，在物质那么匮乏的年代，很浪漫地用泡桐花把外婆娶回了家。

记得我十五六岁大概初二的时候，在一次周记里写到了他们的故事。在那个蠢蠢欲动的年纪，我用了我所能想到的所有华丽的词汇去编写这个神奇的故事。不过现在想起来，除了外公那略带传奇色彩的故事，在我跟他们一起住的那段时光里，确实没有什么神奇的地方。很普通的老夫老妻的生活，外婆买菜洗衣做饭，外公看报喝茶遛鸟，偶尔吵架拌嘴，似乎是带着欢快的节奏。对了，外公每星期都会做我跟外婆都很喜欢的琉璃丸子。外公家有一个果园，每年夏天他们都要搬到那里的一座小竹屋里。果园里除了粗壮茂盛的苹果树，还有葡萄藤、葫芦架，潮湿而又凉爽。直到现在，我还会梦到那段童话般的童年时光，想起埋在那片肥沃土地里的数不清的小秘密。

在我 8 岁的时候，外婆走了。我以为外公会很难过，可是他依旧保持着他的生活节奏，每天去散步，一切跟往常没有什么区别；只有在偶尔看到他对着那棵泡桐树沉默的时候，我才觉得他真的已经很老了。外公后来一直跟我们住在一起，妈妈陆续为他买了拐杖、老花镜、助听器和躺椅。外公身体一直很好，每天早晨去锻炼。每年的这个时候，他都会回到那个他住了快一辈子的小院打扫一下，看看那棵老泡桐，就像看望他的老战友一样，他知道这样的约会或许不会很多了。这天开始，家里会弥漫着泡桐花的味道。

晚上下起了雨，晚风带着一丝闷热混着泥土的气息吹进窗子。我想，泡桐明天就开花了吧？

(原载《青岛科技大学报》第690期)

槐花香

谭秀芬

前几天，老公出差顺道去看望爸妈，妈妈给捎来一袋槐花。我惊喜地捧起那鲜嫩的花朵，一股花香飘逸而来，淡淡的甜、丝丝缕缕。我深深地吸一口香气，陶醉中才想起，这个季节在老家正是槐花飘香时。这些年，赏过雨中海棠、风中樱花，却忘记了儿时钟爱的槐花。

在家乡，家家户户的门口或者院子里都有一两棵槐花树。每年槐花飘香的时节，村庄就像是被淹没在花的海洋中。一串串洁白的槐花缀满树枝，空气中弥漫着淡淡的素雅的清香，沁人心脾。循着一缕缕诱人的清香望去，目光所及之处，那开着一树繁花的槐树总是格外引人注目。永远也想不明白，那并不粗硕的枝丫，怎么会开出那么多花，一串串，一穗穗，挂满枝条，摇曳风中。

小时候，常和小伙伴去采槐花来吃，摘掉花瓣，只吃那花的心儿。当你将一粒放在口中咀嚼，会感到丝丝的甜意。那是一种深彻骨髓的甘甜，还有一种清新，这清香的感觉也就成了我童年馨香的回忆。

一天，放学路上，看到一个养蜂人推着蜂箱，一群蜜蜂盘旋在蜂箱上，我们几个小伙伴好奇地跟在后面。不知走了多远，一阵阵幽幽的香气，仿佛穿透空气飘逸而来。寻香望去，只见河岸两旁成排的槐花树，一眼望不到边。玲珑的花蕾与花朵垂挂在翠绿的枝叶间，点点滴滴，闪闪烁烁，繁花似锦。我们几个惊呆了，从没见过这么多的槐花树，太神奇了。几个男孩扔下书包，猴儿一般灵巧地爬上槐树，踩踏得枝头颤颤悠悠，寻觅着那一串串鲜嫩的花朵。那白花花的串儿牵引着我们的手，嗅着花香，忘记了槐树刺，一人折回一大抱槐花枝。

回家，急忙捋下一把槐花塞进妈妈嘴里，问妈妈这槐花是不是比家门口的花儿香甜。妈妈拉过我黑乎乎的手，边轻轻地拔下上面的小刺，边笑着说："甜、甜、甜，我们家丫头采来的槐花自然是最香甜的。"晚上，妈妈用我捋好的槐花做鸡蛋饼，热油一泼，香气四溢。那天的槐花饼比以往妈妈用自家槐花做的饼子好吃，吃得满脑子里都是那一树树明艳洁白的槐花。

那一树的花儿在脑海里挥之不去。十几天以后，我一个人悄悄跑去河边的那片槐花林。缓步走在树下，树下已经是雪白一片，只见勤快的小蜜蜂来回穿梭其中，嘤嘤鸣响其间。风过，洁白的花朵熙熙簌簌地落下，飘飘洒洒，仿佛天使降落人间。感受着漫天的槐花热烈地飞舞，紧密围绕在人前身后，轻轻地柔柔地吻上我的脸颊，或者跳上我的衣服，落在我的马尾辫，然后羞涩地慢慢落地。带着些许的不舍，浅浅的笑靥，只留下淡淡的馨香，于襟，于发，于我的心上，丝丝缕缕，缓缓地飘入我的身体里。陶醉中，我有了登入仙境的感觉……

以后，每年槐花飘香时，总会和伙伴们在槐花林里徜徉。那个年龄见到花落没有伤感的情怀，只是单纯地陶醉于大自然的鬼斧神工。后来读《红楼梦》，看到黛玉葬花那段，不禁想起家乡的槐树林。若是黛玉看到那洁白的花儿翻飞，该又是怎样一番感慨呢？恍惚中，依稀看到黛玉肩上担着花锄，锄上挂着花囊，手里拿着花帚，缓步走进家乡的槐树林。旋舞中，樱唇巧笑道："一树珍珠一树银，清香漫漫塑花魂。"

又是一年槐花香，自从外出求学，每年总是错过槐花的香味。看着手里的槐花，嗅着甜甜的花香，想起了妈妈，想起了妈妈帮我拔槐树刺时那痒痒的感觉。

愿天下母亲节日快乐！幸福安康！

（原载《青岛科技大学报》第694期）

曲阜印象

徐 帅

4月，我坐上了5026次列车。这是一班青岛开往菏泽的列车，我不去菏泽，我要在有着"东方圣城"之称的曲阜下车。阳光透过列车的玻璃，我突然很想玩小孩子的游戏。把两手的拇指与食指相交，旋转成相机的模样，咔……一张，留念。7点28分，火车缓缓开动，旅途开始。

在火车上"蜗居"了近8个小时之后，曲阜站到了。踏出火车的那一刻，望着简陋的火车站，我的兴奋一下子荡然无存。难道这就是曲阜，这就是孔子的家乡？这明明就是下乡了呀，环境还不如我们的小县城。拥挤、脏乱、简陋……曲阜给我的第一印象，只是如此。

由于要去拜访一位朋友，我坐上了通往曲阜师范大学的5路公交车，一路的景色、建筑证明了我的第一印象的武断。在这里，你几乎看不到任何现代化的建筑。古老的城墙、灰色的瓦砾、黄包车、马车站在那儿，让你有种穿越到古代的错觉。

也许这错觉是种赏赐吧，比之先前的失望，我更感欣慰。

4月2日，我的观光之旅正式开始。租上一辆脚踏车，伴着春风，我和朋友穿梭于各个景点之间。六艺城是我们此行的第一站。一进大门，映入眼帘的便是孔子周游六国的情景雕塑，似乎古代名人的驻扎地都是这般设计。再往里便是诗、书、礼、乐、射、御六厅，穿梭在六厅，可以体验骑马，又可以感受射箭。这里真的与众不同,就连垃圾桶都不是我们日常所见的模样,远处望去,俨然是一座袖珍版古城。在这六艺城里,我们坐上了花轿,转动了磨盘,站上了擂台,撞击了古钟……那些平日里只能在电视剧里见到的情景、物件,而今都真真切切地摆在了眼前,且都一一体验了一番。

大沂河是我们的第二站。我们骑着脚踏车在木质的堤岸上来来回回,在桥洞下听自己的回声,随风飘舞的柳枝、放眼望去没有尽头的古河水以及架于河水之上古城模样的交通桥,眼前的一切那么的清新秀丽、典雅端庄。冲动,是的,让我们有种拍琼瑶剧的冲动。

4月3日,我们来到了著名的"三孔"。"三孔"是孔府、孔庙、孔林的合称,遗憾的是由于时间紧张,我们只进了孔庙。在这孔庙之中,随处可见的便是枝粗叶茂的参天大树。这儿有道门名为弘道门,这道门的门槛可不是随随便便跨过去就可,这里面有讲究、有说道。跨这门槛时讲究男左女右,男的要先跨左脚,女的要先跨右脚,这一脚你跨得越大,日后你就越前途无量。相信大家都听过"无事不登三宝殿"这句话吧,是的,这三宝殿中的一殿——大成殿就在这孔庙内。古代求取功名、科举考试之人都是要来这求拜的。大殿内简洁整齐、重檐飞翘、斗拱交错,四周廊下环立28根龙石柱,殿内正中供奉孔子塑像。走出大成殿我们来到孔子的讲学之地——杏坛。这杏坛黄瓦朱栏、雕梁画栋,坛前置有精雕石刻香炉,坛侧几株杏树,每当初春,红花摇曳。乾隆皇帝曾为之赋诗"重来又值灿开时,几树东风簇俆枝。岂是人间凡卉比,文明终古共春熙"。孔庙的一草一木、一砖一瓦、一门一廊怕是都有着典故吧,遗憾的是未能看到那棵寿龄已有1800岁的古树,我们带着不舍走出了孔庙。

不要以为曲阜有的只是古老的建筑,它的美食也不容忽略。像那百叶酥,香酥美味,你可不要以为它是西式糕点;像那小鸡泡面,你若认为它只是一碗面,那你便是大错特错了……

曲阜虽没有大城市的整洁、繁华,但它是那么的古典、静谧,走在它的周遭,泥土的香气,随行弥漫,苍古的木门,耀着一世世的轮回。

(原载《青岛科技大学报》第654期)

寻访江北画家第一村

石晨旭

我曾在青岛新闻网上看到过关于青岛达尼（大泥沟头）画家村的介绍。

怀着对"江北第一画家村"的好奇，在假期我几番打听终于来到了达尼画家村。张家楼镇一个小路口处挂了一张"绿泽画院"的牌子，低调不易寻找。进来之后却发现是一条双车道，路边布满鲜花绿树的迎宾小路直通绿泽画院。第一站就是绿泽画院的展厅，一栋独立三层楼房。装饰考究的展厅让我不禁赞叹。参观展厅的过程中我偶遇一名当地画师，在我看来他们仿佛身处世外桃源，以艺术为主要工作。然而，画师言谈之中却毫无兴奋喜悦之情，他简单地说这是一个"技术活"。

展厅的一楼主要是临摹作品，偶有原创。画作的质量令同去的油画老师也赞叹不绝。画师介绍说，要画出这样质量的油画，学习三四年就可以。郊区小村的画师能够画出笔法如此细腻、制作质量上乘的油画对我们来说是个小惊喜。不过，浏览整个展厅，鲜有出色的原创。此地临摹作品销售甚好，曾一度脱销。临摹名家名作，制作时间短，价格便宜，效果也有保障。这种现状也反映出了目前的市场需求。到处是一幅幅像印刷出来的油画，倒是符合文化创意产业化的销售思路。

相反，原创作品却很少有人问津。其中一幅名为《春早》的原创画作标价10万，但是画师痛快地说了句："谁买啊？"

达尼画家村有画师20多位,学徒或者"画工"300多人。他们来自于外地,或者本村。画工在画师的指导下经过一两年的培训即可画出能够拿到市面上销售的作品。学员经过培训就可以合格上岗,几乎没有人会学不会或者中途放弃。听起来这与艺术、绘画、创作、兴趣等全然没有关系,倒是一种熟练工种。当学员的画能够有市场的时候,就开始有经济收入,指导老师有少许提成。这不失为一种投资回报较快的就业渠道。个别画工条件成熟了能够另起炉灶——开一间自己的画廊。

一家画廊的店主是一位年仅21岁的画工。每天在画廊里笔耕不辍地临摹各种世界名作。店主边画画边介绍说他从15岁开始学习画画,在绿泽画院工作4年之后和朋友合伙开了自己的画廊。画院的旁边分布着类似的几家小画廊。每个画廊里,少则一两个多则四五个20岁左右的年轻画工正在专心地临摹各种风格的作品。不管是画院还是画廊,临摹已经是相当成熟的技术。价格大体可以按照工作时间来计费。每天至少工作12个小时,五六个小时才会起身休息一会儿。对于这些孩子来说,画画已经成为"没有任何快乐可言的纯粹机械劳动"。

为什么会产生这样的现象?也许有以下几个原因:首先,胶南地区发展艺术的经济基础尚为欠缺。当地发展与油画这种颇为耗时耗材的艺术形式格格不入,与油画产生的社会背景也无相似之处。此地以民间投资为主,属于艺术"移植"的个案。其次,发展艺术的大环境还需要培育。为何会在交通不便的郊区诞生这么一个画家村?因为目前看来即使有画师在青岛市区开了画廊,销量估计差强人意而且相关费用较高,甚至不如在郊区专心画画、坐地卖画。再次,由于规模和条件有限,画家村所吸引的艺术专业人才不够多,所以缺乏原动力,即创造型人才。

由此可见,画家村的建设还有漫长的道路要走,切不可满足于重复制造,只在产业链的下游徘徊。尤其是艺术品产业化过程中不能将复制作为主要的支柱。这与"画家村"的称号难以匹配。

总之,艺术重在原创,否则画家村就丧失了灵魂。

(原载《青岛科技大学报》第656期)

一树一树的花开

赵晓芳

天空渐渐变得好看起来了,有时候透过轻盈的树枝间隙,能看到天空像是水墨画一样淡淡的几笔。白色的云洒在悠悠的蓝空上,就像冬眠了许久的河水复活了,伴着透明的阳光,开始灵动了。

天空下的一切,都开始变得喜悦了。走在路上,不经意就看到绚丽色彩跳出来,打破了长久以来冬日的沉闷黯淡。于是,路上的人经常举头欣赏花儿,有时候是一个人;有时候是一对夫妻,还低低私语着;也有时候是三五个人围在树边。春天萌生出的色彩燃亮了人们的眼睛:黄色、绿色、粉色、桃红、白色、紫色……它们好像是争先恐后跳出来,齐齐展示它们的美丽。各种或明艳或素净的颜色汇成了一首轻灵欢快的曲子,在空气中荡漾着。一年只有这么一个春天,春天年年都来,人们却好像永远是第一次感受到春天,觉得它是那样新鲜清新。也怪不得小时候的语文课本把春天比喻成姑娘:她,穿着绿色的纱裙,梳着长长的发辫,眼睛里含着羞涩的笑,奔跑在广袤的田野里——这就是我们心中的春天吧!

在二月底时,走过楼下的小路,吃惊地发现在还有点萧瑟的寒冬里,矮墙上的灰灰的静寂的垂悬着的迎春枝条上,竟然亮起了星星般金黄的颜色。没错,真的是花开了!几朵迎春花,不顾天气的寒冷,第一个来预报春天了,也真名副其实。去年,为了记录迎春花的花期,我每天都用手机拍摄一张。最后我几乎都有些不耐烦了,不曾想从发现迎春花开,到最后的只有几朵开放,持续时间竟有四五十天之久。又有后面的迎春花开,花落;此起彼伏,绵绵长长,几乎涵盖了花儿纷繁的整个春天。

紧跟迎春花的脚步,便是连翘。迎春与连翘本来是姊妹花,连翘的花瓣微微翘起来,翩翩欲飞的姿态,不像迎春花的花瓣在一个平面上。连翘的颜色也要比迎春花更为鲜亮明艳,它的花儿是一团团一簇簇,远远一看,像是黄色的火焰。可这仍避免不了很多人将迎春与连翘混淆。我给女儿讲过几次迎春和连翘的区别,这一次正说着,忽然女儿就叫起来:"妈妈,快看呢,迎春和连翘在一起!"顺着她的手指,我看到了在一些绿色树木中间,一片稍微空阔的土地上,金黄的两株植物靠在一起,正是迎春与连翘。它们足下的那块小土地分明高一些,这样它们两个就更显得醒目,往下悬垂着的布满星星般花朵的是迎春,往上生长花瓣是连翘,它们似乎站在那儿低低笑着,宣布着春天的花讯。女儿看了一会,就说:"我能分出它们了。"我没说什么,但在心里猜想,或许种花人是故意这样栽种的,来帮助人们解开对这两种花辨不清楚的迷惑吧!

之后惊喜地发现楼下的桃花盛开了,白白的透着轻轻的剔透粉色,抬头一望,如雪、如梦、如幻。恣意的花儿挤着,笑着,似乎展示着无穷活力。我看着,感受到缤纷的快乐。一株花树,似乎就在谱写一首诗,长的、短的、活泼的、静谧的,不同的花树有着不同的诗句。桃花是这般绚美,但只是两天后再看它们,繁盛的花儿已经萎谢了,只剩下变得暗黄的花蒂,那个梦没有了。欲等待新的梦,还要等到来年。我暗自庆幸自己在它们最炫美的时候记录下了它们的倩影。

从家走到单位,路上大都是暗色的老建筑。在这些春意漫漫的时光里,不经意一抬头,就能看到某座老楼前,正张扬着几株花树。它们纷繁快乐的美,怎能不晕染我们蜗居整整一个冬天的心呢?曾经我偶然看到过一株粉红花树,也许是樱花,站在楼前,似乎有一种从画间走下来的不真实的美。那种飘逸轻盈的粉红,不似现实中有的颜色,就像一道霞光,停留在那里,照耀在那里。樱花已成为青岛人特别的爱,每年去中山公园看樱花,成为一些市民春季的必修课。可是有时我却觉得,不一定在中山公园,便是在寻常街道上,偶然遇见的像云像霞光的樱花,都能让我们感受到浓浓的春天花朵的娇美。

家里楼下还有玉兰花，白的、粉的，似乎是白的先开，白玉兰的花语是纯洁真挚的爱。比起前面看到的花儿，玉兰花更大更舒展。它们开放的姿态，真的有点像欲要翩然飞起的白鸽，当我将脸伏在玉兰花花瓣里，似乎能感受到它们心底隐藏着的梦幻。女儿特别喜欢玉兰花，因为她所在的小学教学楼前恰有两株玉兰，白的、粉的。这两株玉兰开得稍微早些，它们全然盛开的花朵簇拥了满满一树，在看它们的时候，你甚至只能看到花朵织起来的大片的彩色锦缎，而看不到里面的枝桠。孩子说，每次走过玉兰花旁，她特别喜欢闻那清清的香气。在某天早晨到小学时，我看到满满的玉兰花儿，它们似乎在护卫教学楼和孩子们。一个小学生从树下走过，可能无意间就能踩到掉落下来的花瓣。他在那一瞬会想到什么呢？玉兰花，玉兰花，美丽的玉兰花。

　　丁香花也开了。一直对于丁香花有着特别的感觉，那可能源于多年前的一首流行歌曲《丁香花》："你说你最爱丁香花，因为你的名字就是她……院子里栽满丁香花，开满紫色美丽的鲜花，我在这里陪着她，一生一世保护它。"这首歌曲曾经风靡一时，一首有点忧郁的歌曲，从这个时候起，也许丁香花就镶上了"忧郁"的印痕。可是，每当在路边遇见丁香花，我的欢愉还是超过了忧郁。这些小小的像白色小精灵的花儿，让我情不自禁靠近它们，似乎能感受到它们的温度，而它们浓浓的芬芳，更是让我陶醉。有一天早晨，我陪着孩子上学，在路边又看到伸出头来的一丛丁香花，我赶紧让她过来闻一下花儿的香气。她和我一起凑近丁香花，可这次真的奇怪，我们没有马上捕捉到花儿的香气。我们继续赶路，想起上次浓郁的香气，有些疑惑，但转而又感受到了街上的喧闹。也许便是这喧闹，将丁香花的香气分散了吧？

　　一树一树的花开，还有许多我叫不上名字的花儿，也都在争奇斗艳。甚至地上的苦菜花，紫色的小野花——曾经小时候蹦蹦跳跳和妈妈一起走路看到的花，都盛开了。

　　可爱的泰迪狗欢喳着走过树下，它能看到花儿么？它的眼睛里，也已经映上了花影。

（原载《青岛科技大学报》第691期）

图书在版编目（CIP）数据

珠缀集 / 王建民主编 . — 青岛：中国海洋大学出版社，2015.10

ISBN 978-7-5670-0991-2

Ⅰ.①珠… Ⅱ.①王… Ⅲ.①中国文学 - 当代文学 - 作品综合集 Ⅳ.① I217.2

中国版本图书馆 CIP 数据核字 (2015) 第 223314 号

出版发行	中国海洋大学出版社			
社　　址	青岛市香港东路 23 号		邮政编码	266071
出 版 人	杨立敏			
网　　址	http://www.ouc-press.com			
电子信箱	oucpublishwx@163.com			
订购电话	0532-82032573（传真）			
责任编辑	王　晓		电　　话	0532-85901092
印　　制	中闻集团青岛印务有限公司			
版　　次	2015 年 10 月第 1 版			
印　　次	2015 年 10 月第 1 次印刷			
成品尺寸	165 mm × 228 mm			
印　　张	7.25			
字　　数	213 千			
定　　价	32.00 元			